# 悪女は甘い夢を見る
## 転生殿下の2度目のプロポーズ

クレイン

Illustration
すずくら　はる

この作品は書き下ろしです。

# 悪女は甘い夢を見る
## 転生殿下の2度目のプロポーズ

contents

# プロローグ　かくて、悪女は

「暴虐非道の限りを尽くした皇帝は死んだ！」

カリストラトヴァ公国の若き公子、ルスランは高らかにそう宣言すると、血塗られた剣を天へと捧げた。

その足元には、この地を支配していた老皇帝の首が転がっている。

「そして、リヴァノフ皇朝もまた滅びた！　これにて我ら従属国四カ国は独立する！」

独裁からの解放宣言に、周囲の連合軍兵士たちから歓声が上がり、やがては勝利を讃えるたた歌となった。

そんな中、一人の女が兵士たちによって、ルスランの前へと引きずり出された。

勝利の歌は、一気に怨嗟えんさの声へと変わる。


「────その毒婦を殺せ！」

兵士たちが口々に叫ぶ。誰一人として味方のいない状況下で、女は恐怖に身を震わせながら、それでも気丈に顔を上げた。

女の顔を見た瞬間、その場にいた誰もが言葉を失う。

まるで新月の夜のような漆黒の髪。地上へと舞い降りたばかりの新雪のような、染みひとつない白い肌。

非の打ち所なく整った、この世のものとは思えぬほどの、圧倒的な美貌。

あらゆる美女に見慣れていたはずの皇帝さえも骨抜きにするほどの、天上の美。

そのことを、皆が知っていたはずだった。だが、まさかこれほどとは思わなかったのだろう。

皇帝の寵愛を一身に受けた花は、顔を青ざめさせながらも、儚げに艶やかに微笑んでみせた。

彼女は誰よりも、自身の武器をよく理解していた。


「――ずっと、ずっとお待ちしておりました」


そしてその女、今は亡きリヴァノフ皇帝の寵妃エレオノーラは、深い色の青玉のような瞳に、今にもこぼれ落ちそうなほどに涙を湛えると、ルスランの足にすがりついた。

それから、しどけない姿で、ルスランに切々と訴える。

「あなたが、わたくしを迎えに来てくださることを」

そのエレオノーラの姿は、まるで運命に引き離されてしまった恋人を、健気に待ち続けたような風情である。

だがルスランは、その美しい女を、冷たい目で見下ろした。

——騙されてはならない。この女は毒婦だ。今まさに、このリヴァノフ帝国を滅ぼさんとする毒。

「ああ、確かにお前は、かつて私の愛しき妻であったとも」

ルスランは激怒する。そう、エレオノーラはかつてルスランの妻であった。

彼女と最後に見（まみ）えたのは、五年前。

美しく貞淑な妻だった。リヴァノフ帝国の皇帝に見初（みそ）められるまでは。

『——あなたなんて、もういらないわ』

エレオノーラは夫を持つ身でありながら、その美しさでリヴァノフ帝国の皇帝を籠絡すると、そう言ってあっさりとルスランの元を去っていった。

そして、皇帝の寵妃となって贅（ぜい）の限りを尽くしたのだ。

きっと、従属国の第三公子妃ごときでは、物足りなかったのであろう。その身を飾る宝石も、絹も、とてもではないがルスランでは与えることのできなかったものだ。

欲望のまま湯水のように国費を使い、その浪費でリヴァノフ帝国は傾いた。そして皇帝がさらなる重税を課そうとしたことで、耐えきれなかったその従属国（カモ）たちに反旗を翻（ひるがえ）され、今こうして滅びようとしている。

だが、エレオノーラは血と死の匂いが充満した部屋の真ん中で笑う。この世のものとは思えぬほど、美しく笑う。

少し前までの飼い主の首がそのすぐそばに転がっているというのに、そのことをまるで意に介さず、新たな飼い主を得ようとして。

「わたくしは、ただ、ルスラン様だけをお慕いしておりました」

そして、かつては不要と切り捨てた愛を、のうのうと口にする。

「だというのに、皇帝陛下が無理やりわたくしを……！　どうか、信じてくださいませ。真実の愛は、ただあなただけに――」

かつて愛した女の戯言（ざれごと）は、それでもなおルスランの心を揺さぶる。彼は、一つ一つこの女の罪状を数え、必死に自分を取り戻そうとした。

――そう、この女は、毒花なのだ。

人の生き血を吸って、咲き誇る。恐ろしくも、美しい花。

「ああ、愛していた。愛していたとも。美しきエレオノーラよ」

ルスランのその言葉に、勝利を確信したエレオノーラの口角がわずかに上がる。そして、抱擁（ほうよう）を請うように、彼に向かい両腕を広げた。

だが、ルスランは抱き締めてやることなく、ただ、冷たくエレオノーラを見下ろし糾弾する。

「……そなたのせいで、今、どれほどの民が苦しんでいるか、わかるか？」

ルスランの言葉に、エレオノーラは不思議そうに小首を傾げる。そこに罪悪感は見て取れない。

おそらくこの女は、その身に纏（まと）う宝石に、絹に、いったいどれほどの金が使われているのかさえ、理解していないのだ。

そう、彼女にとって、民とはいくらでも替えのきく存在でしかない。

ただ全てが、自らが美しく咲き誇るための、糧。

「度重なる増税のせいで、民は困窮している。親が子を売り、子が親を捨てざるを得ないほどに。今、この国は彼らの怨嗟の声で満ちているのだ」

わかっているのか、と。伝わらないと知りながら、それでもルスランは問う。

すると、エレオノーラの顔が悲嘆に満ちた。

「わたくしは、ただ皇帝陛下の望まれるまま在っただけです。か弱き女の身で、他に一体何ができたと言うのでしょう?」

水晶のような涙をぽろぽろとこぼしながら、エレオノーラは己の潔白を主張する。

哀れみを請うそんな姿でさえ、この世のものとは思えぬほど美しい。

ルスランの心もまた揺れる。確かに彼女自身が何かをしたわけではない。

エレオノーラは、ただ、無知であっただけだ。己の欲望に忠実であっただけだ。

愚かなのは一方的に彼女に溺れた皇帝であり、そして未だ囚われたままのルスラン自身。

だがあえて言うならば、その美しさこそが、罪。

「……悪いが、ここまでだ。恨み言なら地獄で聞いてやろう」

民衆の彼女に対する処罰感情は、どうにもできないところまできていた。

どれほど愛おしくとも、今更エレオノーラを助けてやることは、できない。

ならばせめて、苦しまぬよう自ら手を下してやろう。そう考えたルスランは、血塗られた剣を振り上げた。

エレオノーラは、その美しい目を驚愕と恐怖で大きく見開いた。

――そして、絹を裂くような悲鳴と、重く濡れた音が響いた。


命を失った美しい肉の塊（かたまり）が、硬い大理石の床に崩れ落ちる。

誰もが固唾（かたず）を呑んで、その惨劇を見つめた。

天上の美を破壊してしまった。そんな奇妙な罪の意識がその場を支配し、皇帝を討ち取った時のような歓声はなく、妙な静寂が満ちた。

ルスランはただ、もう二度とは動かぬ、かつて妻だったものを呆然と見つめる。

しばらくしてようやく、恐る恐るといった風情で、一人の兵が小さな声を上げた。

「カリストラトヴァ公国、万歳……！」

するとぱらぱらと声を上げるものたちが増え、やがて狂乱し、大きなうねりとなった。


そしてその喧騒の中、ルスランはエレオノーラをそっと抱き上げる。

命の火を失った肉体は、腕にずしりと重い。かつては小鳥のような軽さだと思った、妻。

だが、これでようやく彼女は自分の元へと戻った。――たとえ、変わり果てた姿であろうとも。

ルスランの心が暗きもので満たされる。

それから彼は、そのままふらりと姿を消した。
やがて正気に戻った兵士たちが、憎き皇帝とその寵妃の死体を狂喜する民衆の前に晒さんと、消えたルスラン公子を探した。だが彼と寵妃は見つからず、皇帝の死体だけが晒され、辱められることとなった。

——その後、カリストラトヴァ公国第三公子、ルスランの姿を見たものは誰もいない。

歌劇「エレオノーラ」終幕より抜粋

# 第一章　ぽっちゃりですが、なにか？

ジーナ・シロトキナには、常々不思議に思っていることが二つほどある。

一つ目は、なぜ美味しいものに限って、それがそのまま自らの肉となってしまうのか、ということである。

そんな彼女の目の前には、季節の果物をこぼれ落ちそうなほどにこれでもかと載せたタルトがある。もちろんこのタルトもまた、そのままジーナの血となり肉となるのだろう。――だが、それでも。

その美しい外見を極力崩さぬよう、慎重にフォークで一口分を切り取り、口に含む。

途端に頬の内側がきゅうっと締め付けられるような甘みが口の中に広がり、ジーナはうっとりと目を細める。咀嚼すればその美味しさに、思わず手足をジタバタと動かしたくなる。

この瞬間が、幸せでたまらないのである。多少自分の身体が肉厚になったところで、なんだというのだ。

そう、この瞬間のためならば、全てが瑣末。

「あー……！　死ぬなら今がいいわ……！」

「待てジーナ。俺を置いて死ぬな」

思わずこぼした言葉に、速攻で抗議が入った。この感動に水を差されたようで、ジーナは思わずテーブルの向かいに座る男を睨めつけてしまった。もちろん死ぬつもりなどない。世界にはまだまだジーナの知らぬ甘味がたくさんあるのだ。それを味わわずして、死ねるものか。

「本当に死ぬわけないでしょう？　それくらい美味しいってことですわよ」

「そういう悪い冗談はやめてくれ。ジーナが死ぬなんて想像もしたくない。だが、喜んでくれて良かった。開店前から店に並んだ甲斐があったというものだ」

そう言って目の前の男、アルトゥール・レオノフは幸せそうに目を細めた。

見れば見るほど整った顔をした男だ。それはもう、憎たらしいほどに。

さらにこれで我がカリストラトヴァ王国有数の大貴族である、名門レオノフ侯爵家の嫡子とくれば、もう嫌味にしか感じない。神はこの男に二物も三物も与えすぎだろう。一物を与えられたかも怪しいジーナとしては、腹立たしいことこの上ない。

ジーナはふた口目を咀嚼しながら、目を丸くする。

「ええ？　アルトゥール様が直接お店に並んだんですか？」

「当たり前だろう。愛する女への贈り物をなぜ他人に任せねばならん」

いつもの彼からの貢物だと思い、何も考えずに受け取ってしまったが、確かに今ジーナが食べているタルトの店は、朝から並ばなければ手に入らないという超人気店だ。

美しいが、どちらかというと強面な容姿のこの男が可愛らしい店構えの菓子店の前で並ぶ姿を想像し、ジーナは思わず笑ってしまった。

もう一度言うが、彼はまごうかたなき侯爵家の後継である。いくらでも雑用を頼める相手がいるはずだ。

「アルトゥール様……。お暇（ひま）なんですか？」

「卒業試験が近い今、暇なわけがないだろう。そう、ただ君への愛ゆえだ。ジーナ」

「さようでございますか……」

今日も彼の想いが重い。申し訳ないが彼と同等の愛は、ジーナには返せない。

そう、ジーナが常々不思議に思っていることの二つ目は、なぜこんなにも全てに恵まれているアルトゥールが、自分などに執着するのか、ということである。

驚くべきことに、この神から愛されすぎた男は、なんとジーナの恋人なのである。彼と恋人同士になってすでに半年が経過しようとしているというのに、未だにジーナは、これは悪い冗談なのではないかと思ってしまう。

「……本当に、何様のつもりなのかしら。あの女」

ヒソヒソと、ジーナを蔑（さげす）む声が聞こえる。アルトゥールとジーナの仲をやっかむ、一部の女生徒たちだ。

その悪意ある囁（ささや）きがアルトゥールの耳にも聞こえたのだろう。不愉快そうに眉間に皺（しわ）を寄せ、彼女たちを咎（とが）めるべく腰を浮かせた彼を、ジーナは目で制止する。ああいった輩（やから）は、下手に相手にすれば余計に逆上して面倒なことになる。

視線を受け、渋々といったようにアルトゥールが腰を下ろしてくれたのを見て、ジーナは微笑んだ。

（釣り合っていないことくらい、ちゃんとわかってるわよ……）

そう、ジーナにはわかっている。しがない新興男爵家のぽっちゃり令嬢であるジーナと、名門侯爵家の嫡男で文武両道、容姿端麗な上に、学園の生徒会副会長であるアルトゥールだ。

　もしジーナが美女で、家格もアルトゥールと同程度であったのなら、これほどやっかまれることもなかっただろう。彼女たちはおそらく、自分以下だと思う人間が、自分以上に恵まれることが許せないのだ。

　だがそれは、そもそもそんなジーナに好意を持ったアルトゥールの『女性の趣味が悪い』という話で、別にジーナ自身が何かしたわけではない。それでも剣先を向ける相手としては、ジーナの方が都合がいいのだろう。

（……面倒なことね）

　ジーナはうんざりとする。アルトゥールのことは間違いなく好きだが、やはり彼に付随する様々なものが、彼女にとって負担であることも間違いなかった。

（……我ながら、とんでもない大物を釣り上げてしまったものだわ）

　向かいの席に座る美しいアルトゥールの顔を見ながら、ジーナはこっそりとため息を吐いた。


　アルトゥールとの出会いは、ジーナがこの王立フェリシア学園に入学してすぐのことだ。

　王立フェリシア学園こと通称王立学園は、カリストラトヴァ王国の始祖の女神の名を冠し、貴族を始めとした良家の子女が通う、由緒正しき学園である。

　ジーナの生家・シロトキナ男爵家は、数代前に商家から成り上がった田舎の新興貴族だ。そしてそういった成金貴族の例に漏れず、歴史やら伝統やらに憧れるジーナの父シロトキナ男爵は、十六歳になった娘を、有無を言わさずこの王立学園へと放り込んだ。

この学園は、いずれこの国を支えることとなる良家の子女の社交場も兼ねている。おそらく父は、そこで娘が商売に繋がりそうな由緒ある貴族子息を引っ掛けてくれることを望んでいるのだろう。もちろん当のジーナはそんなこと、小指の爪ほども望んでいないのだが。

「お前は世界一可愛い私の娘だ。学園でもきっと多くの貴公子がお前の前に跪くぞ」

「お父様の目は節穴なのですか？　いい加減正気に戻りましょう」

父は娘のジーナを世界一の美少女だと思い込み、疑っていない。ジーナとて物心ついた頃から両親や兄、使用人たちに溺愛され「うちのお姫様は世界で一番可愛い」などと言われ続けたために、幼い頃は自分のことを本当に絶世の美少女だと思っていた。

だが、成長するにつれ、非情な現実が見えてくる。ジーナは決して顔立ちは悪くないが、美少女と呼ばれるほど美しいわけでもなかった。良くて中の上くらいだ。

お姫様のように背中で柔らかく波打つ金の巻き毛は自慢だが、ぼんやりとした薄い緑の目はこの国でよくある色だし、さらには三度の飯より甘い物好きなこともあり、平均よりもややぽっちゃりとした体型をしていた。胸は大きいが、他の場所も同様にふっくらしているので、巨乳とも言い難い。

残念ながらジーナは親兄弟が言うように、世界一の美少女などではなかったのである。

ゆえに父がどれほどジーナに期待をかけようとも、学園に入学した時点ですでに大体が婚約者持ちである上流階級の子息など、誑しこめるわけがないのだ。

だったらこの学園生活を身分相応に楽しめれば良い、とジーナは思っていた。

このフェリシア学園には、学びを共にする生徒たちは須らく平等であり、生来の身分は持ち込まないという校則があるが、それは所詮名目に過ぎない。

実際は皆、身分の近しいもの同士で集まって友人関係を築いていた。結局それが無難だからだ。

そんな王立学園の生徒たちの頂点は、生徒会である。この国の王太子を中心とし、公爵家の次男、侯爵家の嫡男、辺境伯家の双子の継嗣……という、いずれはこの国を支えていくであろう派手な面々で構成された組織だ。しかも上位貴族に色濃く継がれた王家の血のなせる業なのか、誰も彼も美形ときている。彼らはおそらくこの学園の生徒会の運営経験を、のちの国政にも役立てていくのだろう。

権力と美貌を兼ね揃えた生徒会の面々は、もちろん全女子生徒の憧れであったが、ジーナは見向きもしなかった。

なんせこの学園にはジーナよりも美しく、身分の高いご令嬢が山のように在籍しているのである。彼女たちを差し置いて、自他共に認める埋没系女子であるジーナなどが彼らと親交を持てるとは思えない。そしてそもそもジーナは面食いではなく、権威の類にも興味はない。さらには恋がしたいとも思っていない。

そんなことよりも、ジーナを惹きつけてやまなかったのは、王都に点在する菓子店の、様々な甘いお菓子であった。自分の恋愛よりも、田舎にはない数多くの菓子は、ジーナの心を満たした。

ジーナにとって、生徒会や他の上流貴族の恋の噂話などは、所詮は親友との話題として適度に楽しむだけの、自分とは違う世界のことだ。

だから、最近同級生である美貌の子爵令嬢が、身分を弁(わきま)えずにやたらとその生徒会面々に纏わり付いているという話も、どうにかしたいと憤っている他の女子生徒たちとは違って、すごい行動力だなぁと感心するだけである。

そんな風にして、ジーナは価値観の合う同階級の学友たちと、日々を平和に過ごしていたのだ。


ジーナの王立学園での生活が激変したのは、入学から一ヶ月ほど経った頃のことだ。その日、ジーナは入学当初から抱えていたとある野望を叶えるべく、学生食堂にいた。

「……ちょっと、ジーナ。見ているだけで胸焼けしそうなんだけど」

幼馴染(おさななじみ)であり親友のヴェロニカが、無糖の紅茶を飲みながら心底嫌そうな顔をして、テーブルの上に隙間なく並べられたデザートたちを見やった。

「そうかしら？　これくらい全然余裕よ。あー美味しそう！」

そう、ジーナの野望とは、学食のメニューにあるデザートを一気に全種類制覇することであった。

手を組み合わせて、喜びに身をよじらせてから、ジーナは目の前の生クリームが大量に乗せられたケーキを一口分、フォークで器用に切り分け、口に運んだ。

良家の子女が通う学園だけあって、学生食堂の質は高い。そう、有名な料理店に匹敵するほど。

「はぁん……っ！　クリームが濃厚……！　美味しい……！」

あまりの美味しさに感極まって思わず悩ましい声を上げてしまう。

「まったくもう。幸せそうな顔しちゃって」

それを見たヴェロニカが、呆れた顔をしながらもクスクスと笑う。

ヴェロニカとは実家が近所であり、同い年であり、さらには家格も同じ男爵家なこともあって、物心ついたばかりの頃からよく遊んだ仲だ。そして、親によってこの王立学園へと放り込まれた同志である。

赤茶色の髪に、榛色（はしばみ）の目。わずかにそばかすの散った幼げな顔に、小柄で華奢な体。それら全てが栗鼠（りす）のように愛らしいとは、彼女に夢中なジーナの兄の談だ。

そんなヴェロニカと横に並ぶとジーナのぽっちゃりさが強調されてしまうのが悩みであるが、なんだかんだと文句を言いつつも、いつもジーナに付き合ってくれる優しい友である。

ジーナが幸せそうにうっとりと目を細めながら、ものすごい勢いでテーブルの上のデザートたちを制覇していると、それをいささか気持ち悪そうに見ていたヴェロニカが、突然驚いたようにその榛色の目を見開いた。

「……え？　ええ？　どうして？」

しどろもどろになって慌てふためくヴェロニカの様子に、口の中に広がる天国に恍惚（こうこつ）としていたジーナも我に返る。

「……いきなりどうしたの？　ヴェロニカ」

友人を案じた瞬間に、視界に影が差した。何か大きなものがジーナのそばに立ち、窓からの日差しを遮ったようだ。

怪訝(けげん)に思い、ジーナはその影の原因を見上げる。そこには見慣れた男子生徒の制服。首元の青いタイから見るに最高学年である三年の生徒のようだ。

さらに首を上に傾けその人物の顔を見たジーナは、驚きのあまりあんぐりと口を開けてしまった。

まっすぐでサラサラな黒髪がかかる精悍(せいかん)な、けれども品良く整った顔立ち。美しい切れ長の目は、まるで紫水晶(アメシスト)のような濃い紫。――――その顔に、見覚えがある。

（わぁ……。副会長だ。こんなに間近で見たのは初めてだわ）

王太子の取り巻きの一人、生徒会の副会長であり、レオノフ侯爵家の一人息子アルトゥールだ。はしゃぐ他の女子生徒ともに、何度か遠目で眺めたことがある。

彼は、眼光が鋭く無愛想なこともあり、『氷の副会長』などと呼ばれ、生徒会(メンバー)の中では人気はさほど高くない。だがそれはあくまで生徒会の中という話で、一般の貴族ではありえないほどの信奉者(ファン)がおり、ジーナにとって雲の上の人物であることは間違いない。

アルトゥールはじっくりとジーナの顔を眺める。穴があきそうなほどに見つめられ、ジーナは落ち着かない気持ちになった。

一体何だというのか。自分は彼に何か粗相をしてしまったのだろうか。全くもって身に覚えがないのだが。

もしや、ジーナの買い占めたデザートの中に食べたいものでもあったのだろうか。

周囲にいる生徒たちも、一体何があったのかと固唾を呑んでジーナとアルトゥールを見守っている。

そんな張り詰めた沈黙に耐えきれず、観念したジーナはとうとう自ら彼に声をかけた。どうしてもと言うのならば、涙を飲んでこの愛しきデザートの一部を譲ることも辞さない覚悟である。

「あの……？　何か私にご用でしょうか？」

すると、彼はその声に我に返ったように瞬きを繰り返し、そして蕩けるように、甘く笑った。

非常に珍しい彼の微笑みに、学食内がざわめく。ジーナも度肝を抜かれる。

あの氷の副会長にも、ちゃんと表情筋が存在したのか、と。

「これは失礼をした。俺の名前はアルトゥール・レオノフという。……君の名前を聞いてもいいだろうか？」

聞くまでもなくジーナは彼の名前は知っている。むしろこの学園の全校生徒が知っていることだろう。

突然の自己紹介に困惑しながらも、ジーナもまた口を開いた。

「私はジーナ・シロトキナと申します。こうしてお話しするのは初めてですね。アルトゥール様。……それで、何か私にご用でしょうか？」

ジーナは彼とは初対面であることを強調しつつ、恐る恐るもう一度彼に問いかけた。

するとアルトゥールはまた幸せそうに笑み崩れ、それから迷いなく言葉を吐いた。

「――ジーナ・シロトキナ。君を愛している。どうか俺と結婚を前提に交際してほしい」

そのとんでもない内容に、学食中で女子生徒の悲鳴が響き渡った。

もちろんジーナの頭の中も真っ白になった。彼は一体何を言っているのか、と。

そして呆気にとられ、少々の時間を有しつつもなんとかその言葉を認識したジーナは、答えを返した。

「……お断りいたします」

またしても学食内がどよめいた。まさかアルトゥールの誘いを断る女生徒が、この学園に存在するとは思わなかったのだろう。アルトゥール自身もこんなにもあっさり断られることは想定外だったのか、愕然としている。

だが冷静に考えればわかることだ。侯爵家の嫡男などすでに婚約者がいるに決まっている。ジーナはこの学園において、身分不相応な恋愛をするつもりがない。略奪などもってのほかだ。

そもそも彼は、商人上がりの男爵家の娘がどうこうできる相手ではない。あまりにも身分に隔たりがある。アルトゥールが次男以下であればまだ考える余地があったかもしれないが、なんせ嫡男。国内有数の大貴族の後継である。

さらに、先ほどから主張している通り、ジーナにとって彼はほぼ初対面の相手だ。確かにこの世界には一目惚れなるものが存在しているらしいが、自分が絶世の美女ならばともかく、ジーナはそこまではうぬぼれてはいない。

よって、これはおそらく彼が級友の間で行った、遊びの末の罰ゲームか何かであろう、とジーナは判断した。

そして、そんなものに付き合ってやる義理は、ジーナにはない。

大体うっかり告白を受け入れたあとで「真に受けたぞ、身の程知らずのあのぽっちゃり」などと周囲と嘲笑されたらたまったものではない。恥ずかしくて死んでしまう。

結局のところ、良きにしろ悪きにしろこの学園では生家の爵位で待遇が決まってしまう。そして人は、見下している相手に対しては、いくらでも残酷なことができてしまう生き物なのだ。

だが男爵家の娘だからといって、多少ぽっちゃりしているからといって、馬鹿にされる筋合いはない。

(思い通りにおもちゃになると思ったら、大間違いよ)

ジーナにも自尊心というものがある。――――見くびられて、たまるか。

柔らかそうなふかふかとした見た目に反し、ジーナははっきりとした性格であり、さらには現実主義者であった。よってこのくだらない茶番を早々に切り捨てた。

「お話とはそれだけでしょうか？　アルトゥール様」

「……あ、ああ」

「ではこれで用は済みましたわね。それではごきげんよう」

ジーナは相変わらず呆然としているアルトゥールを冷たく切り捨てると、彼などよりずっと愛しいケーキに向き直り、食べ始めた。

「ちょ、ちょっとジーナったら！」

ヴェロニカが必死にとりなそうとしているが、ジーナは気にせず、ケーキを頬張り、その上品な甘さを堪能する。するとアルトゥールは、切なげなため息を吐いた。

「食事の邪魔をしてすまなかった。……また来る」

(……あら)

馬鹿にされたと怒り狂うかと思ったが、意外にもアルトゥールは神妙そうな顔をしてそう言うと、ひとつ頭を下げてその場を後にした。

正直二度と来るなと思ったが、ジーナも淑女として形式的に礼をすると、再び夢中になってケーキを貪ったのだった。

その日一日、あのアルトゥールを袖にした女として、ジーナは全校生徒の注目の的になってしまった。

わざわざ彼女の姿を見ようと、他のクラスや他学年から見学者がひっきりなしに教室に訪れたが、皆、ジーナを見ると不思議そうに首を傾げる。

見学者たちは皆ジーナと同じように、これはきっと罰ゲームでも強いられたか、またはアルトゥールの見間違え、人違えであったのだろうと勝手に解釈し、ジーナには哀れみの視線が寄せられた。大きなお世話である。

まあ、このまましばらく時間が経てば、こんな珍事も周囲から忘れ去られるだろうとジーナは楽観的に考えていた。だが残念なことに自らの宣言通り、アルトゥールは次の日もジーナに会いに来た。

しかも衆目ある中、花とケーキを持って彼女の前に跪き、再び愛を請うたのだ。

「ジーナ・シロトキナ。君を愛している。どうか結婚してくれ」

そして、全く揺らぐことなく、ジーナをまっすぐに見つめ、初日と同じ言葉を吐いた。

そんな彼に、もちろんジーナは、今回も微笑んで答えた。

「お断りいたします」

周囲からこれまた初日と同じようにどよめきが起きた。またしてもジーナがアルトゥールを切り捨てたことに驚いたのだろう。

あまり恋愛に対し、夢を持っているわけではないジーナは冷静に考えていた。

(彼は男爵家の娘ごときに相手にされなかったことが、よほど気に障ったのでしょうね)

振られたという事実に彼の自尊心が傷つけられ、だからこそジーナに執着し、手に入れようとしているのだ、と。

またもその場を沈黙が支配する。今度こそ怒るかと思いきや、彼は「そうか」と悲しげに呟いた後「せめてこれだけでも受け取ってほしい」とジーナの手に、持参したケーキと花を押し付けてきた。

「そんな、いただけません」

ケーキの箱に憧れの菓子店の店名の印字を見てしまい、うっかりぐらつく心を抑えつけて、ジーナは断った。だが、アルトゥールは差し出した手を引こうとはしない。

「俺はあまり甘いものが好きではない。よって君が食べてくれないのなら、これは捨てるしかない」

「……っ!」

なんということだろう。これは脅しの外(ほか)、なにものでもない。ケーキをこよなく愛するジーナは、もちろんそんなことを許すことはできないのだ。

渋々ながらも受け取れば、アルトゥールは嬉しそうに、蕩けるような甘い笑みを浮かべた。

思わずジーナの心臓が、どくんとひとつ大きな音を立てた。

最初に会った時も思ったが、普段あまり表情のない彼が浮かべる笑みは、やはりとんでもない破壊力があった。周囲の女生徒たちからも黄色い悲鳴が上がる。

ジーナはこれ以上の心臓への負担を避けるべく、慌てて彼から目を背け、ケーキの箱と花を持ってその場から走って逃げた。

上位の貴族にするとは思えない無礼な態度に、今度こそ最後だろうと思いきや、アルトゥールは次の日もその次の日も以後毎日、小さな花束とケーキが入った小さな箱を持ってジーナの前に現れた。

そして、毎回愛の告白とともに、それらをジーナに押し付けるのだ。

捨てられるくらいならば、と受け取ったケーキは全て素晴らしい味であった。誰もが知っている有名店のケーキから、侯爵家の専属料理人に作らせたという特別なケーキまで。入手困難なものも多く、ジーナはすっかりアルトゥールによって餌付けされてしまった。

彼の想いを受け入れないというのにこうして貢がれてしまえば、今度はなんともいえない罪悪感が募る。

申し訳ないからもうやめてほしいと言っても、自分が好きでしていることだから気にしないでくれと拒否される。

それでもどうしても気になってしまうから、とジーナが再度断れば。

「では、君がケーキを食べる間の時間を、俺にくれないか」

などと切なげに懇願されてしまった。ジーナは気は強いが基本的に面倒見が良く、お願いされると断れないお人好しでもあった。「ジーナって本当に甘いわよねー」とは、親友ヴェロニカの談である。

うっかり哀れんで「まぁ、それくらいなら」と受け入れてしまい、気がついたら毎日学園内の喫茶室で、ともに過ごすことになってしまった。

（着々と外堀を埋められている気がするわ……！）

ジーナは焦る。甘味に対し特に食い意地の張ったジーナの性格をしっかりと把握し、さらに律儀な彼女の罪悪感を適度に煽るように計算された、見事な接近方法（アプローチ）だ。アルトゥールは存外狡猾な策士のようだ。

そしてせっせと貢いだケーキを幸せそうに食べるジーナを、ケーキよりも甘い顔で幸せそうに見つめるアルトゥールにやがて情が湧いてしまうのは、不可抗力であるとジーナは思う。色気よりも圧倒的に食い気のジーナとて、一応は年頃の女の子なのである。

アルトゥールとの時間は、思ったよりもずっと居心地が良く、楽しい。気がつけばジーナは、毎日彼と会える時間を心待ちにするようになってしまった。

それでもジーナは相変わらず毎日ケーキとともに渡される愛の言葉をかわしていた。

「今日も罪深いほどに可愛いなジーナ。愛してる。というわけで結婚してくれ」

「ありがとうございます。……そしてお断りいたします」

甘い顔で愛を告白されれば、自分もまた彼を憎からず思っていることもあり、断ることがどんどん苦しくなってくる。

さらには最初の頃は茶番を見るように面白がっていた周囲の連中が、アルトゥールの猛攻が始まってひと月ほど経つと、その健気さに心打たれ、彼を一方的に応援するようになってしまった。

それと同時に、周囲からのジーナへの風当たりは、厳しいものとなってきた。

――そこまで想われておきながら、なぜアルトゥールの思いに応えないのか、と。

この上なく余計なお世話である。ジーナ自身、彼へと向きかけている心を必死にこらえているというのに。

第三者の無責任な応援を背に、アルトゥールはジーナをさらに絡めとろうとしてくる。ジーナもいよいよ彼からは逃げられないのではないかと思うようになった。

自分の一挙一動を幸せそうに見つめる男を前にして、好意を持たずにはいられない。

それでもはっきりと答えを出せないのは、自分の中の彼への思いが、やがては身分の差によって生じるであろう様々な壁を乗り越えられるほどのものか、自信がないからだ。そもそも彼がなぜ自分にここまで執着するのか、まるでわからない。わからないものは怖い。裏があるとしか思えない。

（中途半端な気持ちでアルトゥール様を振り回すわけにはいかないもの……）

だがそんなアルトゥールの熱意に、とうとう彼の友人であり、生徒会長である王太子までもが動いた。


「わあ、可愛い！　ジーナって本当に器用よねえ」

放課後、生徒用の喫茶室で小さな包みを渡すと、その中身を見たヴェロニカは嬉しそうに声を上げた。可愛らしい格子模様の包みの中に入っていたのは、動物の形を模した焼き菓子（クッキー）だ。

ジーナは甘いものをこよなく愛するが故に、貴族女性としては珍しく、自ら菓子作りも手がけていた。自分で手作りすれば、この上なく自分好みな菓子を作れるのではないか、との思いからである。

「ねえ、食べてもいい？」

「ええ、どうぞ」

指先で包みからウサギの形をしたクッキーを取り出すと、ヴェロニカは口に運んだ。そしてサクッと軽い音を立てて、咀嚼する。

「うーん。美味しい！　でもジーナが作ったにしては、随分と甘さが控えめなのね」

「今回は砂糖を少なめにして、代わりに巴旦杏（アーモンド）を挽いて粉末状にしたものを入れたの。だから口当たりが軽いでしょう？」

「ええ。これならいくらでも食べられそう！」

そう言った後で、ヴェロニカはニヤリと笑った。

「もしかしてこれ、アルトゥール様に渡すの？」

図星を指されてジーナは少し頬を染めて俯（うつむ）いた。自身で食べるものならばもっと容赦なく甘みを強くすることを、ヴェロニカはわかっているのだろう。

「甘いものはあまり得意ではないとおっしゃられていたから……。でも私はお菓子しか作れないし」

好きこそものの上手なれである。ジーナはお菓子は作るが、料理は作らない。そう、興味がないので。

「うん。甘いものがそれほど得意ではなくても、これならきっと食べてくださるわよ！　それにしても、やっとアルトゥール様の気持ちを受け入れる気になったの？」

ヴェロニカはニヤつきながら指先でジーナのプニプニの頬をつついてくる。

誠実な婚約者と幼い頃から相思相愛であるため、ヴェロニカはかのきらきらしい生徒会の面々にあまり興味がない。よって、このところアルトゥールのせいで同級生から遠巻きにされているジーナのそばに、今でも変わらずいてくれる。やはり持つべきものは堅実な親友である。

「受け入れるわけじゃないわ。ただ、いつもいただくばかりだから心苦しくて。でも私が買える範囲のものなんて、あの方にとっては大したものではないでしょう？　……だから、せめてものお礼に作ってみたの」

「ふうん。いいじゃない。面倒臭がりのあんたがそんな風にアルトゥール様の好みを慮る（おもんぱか）ってことは、彼のこと、嫌いじゃないんでしょう？」

「う……」

やはり幼き頃からの友は目ざとい。ジーナは拗ねたように唇を尖らせた。

「ねえ、どうやってアルトゥール様に渡すの？」

「どうせ今日も帰り道に待ち伏せされていると思うから、そこで、渡そうかと」

待ち伏せされていることが日常になっていることが恐ろしいが、それに慣れてしまった自分も恐ろしい。

それもそうね、と笑うヴェロニカもすっかり毒されている。

そうしてしばらく二人で談笑をしていると、一人の男子生徒が席に近づいてきた。生徒会の面々に心酔し、自ら忠実な下僕（げぼく）と化している少年だ。ジーナにはよく理解できない世界である。

その彼の手には、上質な紙で作られたカードがあった。そこに箔（はく）押しされた紋章を見て、ジーナは思わず眉をひそめる。

「ジーナ・シロトキナだな。殿下がお呼びだ」

そして、そのカードを差し出され、横柄に言われた。

やはり、とジーナは嘆息する。カードにある紋章は王家の紋にバラの花が添えられたもの。つまり送り主が王太子であることを示す。その呼び出しは貴族である以上、臣下として受けざるを得ない。

だが、その使いっ走りの少年の見下したような目を、ジーナは冷ややかな目で睨み返した。まるで王太子の権威を自分のもののように振りかざす彼が、腹立たしかったからだ。

ジーナは結構な負けず嫌いの武闘派である。見下されることも軽んじられることも嫌いだ。

まさか睨み返されるとは思わなかったのか、彼は虚（きょ）を突かれた顔をする。

「お、おい。お前！　なんとか言え！」

きゃんきゃんと小犬のように吠える少年に、ジーナはこれ見よがしに馬鹿にしたような、深いため息を吐いてやる。少年の顔が怒りで朱に染まる。

「わかりました。後ほど生徒会室に伺いますわ」

渋々ながらも了承すると、「絶対に行けよ！」と苦々しく捨て台詞を吐く少年の後ろ姿を見送り、ヴェロニカと共に楽しんでいたクッキーやお茶のセットを片付ける。

「なんだかジーナが本当に時の人になってしまったみたいで、私寂しいわぁ」

ヴェロニカがちっともそんなこと思っていないような顔で、笑いながら言った。

「……やめてちょうだい」

ジーナは疲れ切った声で言って、うんざりと空を仰いでしまった。

王太子殿下など、侯爵以上に雲の上の人物である。学園の外では、ジーナのような下々の人間は直接言葉を交わすこともあり得ないような、そんな人物である。

行きたくないことこの上なかったが、流石に無視するわけにもいかず、ジーナはヴェロニカと別れ、重い足を引きずって、生徒会室へと向かった。

初めて入った生徒会室は、大貴族の邸宅の一室のような、贅を凝らした空間であった。代々権力者の子息が生徒会長を務めており、ここで人の上に立つ術（すべ）を学ぶという。

（場違いだわ……）

ジーナは内心で深いため息を吐いた。華美すぎる空間は落ち着かず、居心地が悪くてあまり好きではなかった。

目の前の机には、悠々（ゆうゆう）と王太子殿下が腰をかけている。彼だけではない。アルトゥール以外の生徒会の全構成員（メンバー）が揃っていた。

王太子の側に甘えるように身を寄せている令嬢は、確かイヴァンカと言ったか。よく生徒会の色恋話の際に名前が上がる、子爵の養女になってこの学園に入学したという同級生である。その愛らしさで生徒会メンバーに取り入ったという噂通り、赤金色（ストロベリーゴールド）の髪をした儚げな美少女だ。

彼女はジーナを微笑みながら見ているが、その澄んだ空色の目が全く笑っていない。それどころか冴え冴えとした色を浮かべている。彼女がジーナを歓迎していないことは明らかだ。

それとは対照的に、他の生徒会役員たちは、好奇心を隠しきれない様子でジーナを見つめていた。

「――突然呼び立ててすまないな」

王太子に声をかけられ、慌ててジーナは腰をかがめて顔を伏せると、最上位の礼を取る。

「いえそんな。お目にかかれて光栄です、王太子殿下。シロトキナ男爵家が長女、ジーナ・シロトキナと申します」

「顔を上げてくれ。そんな仰々しい礼はいらないよ。この学園では、君と僕は学びを共にする生徒同士に過ぎないのだから」

困ったように軽く笑って、無責任なことを王太子が言う。彼がそんな態度だからこそ隣に居座る子爵令嬢が図に乗るのだろうと、冷めた心で思いながら、ジーナは顔を上げた。

「よければ、そこの長椅子に座ってくれ」

着席を促されるあたり、これは長期戦になりそうだと、ジーナはまたしても心の中でため息を吐く。

そして、毛足の長い絨毯の上に置かれた重厚な長椅子に浅く腰をかける。張られたベルベットが心地良く反発し、この長椅子が超一級品であることをジーナに伝えてくる。

「いやあ、あの堅物なアルトゥールが夢中になっているお嬢さんと聞いてね。話してみたかったんだ」

そう、心底嬉しそうに王太子は言う。ここにアルトゥールがいないということは、つまり彼に無断でこの場を設けたということだろう。友人をからかうネタでもほしいのだろうか。王太子というのは存外暇らしい。

「ちなみに君には、すでに結婚の決まった相手、もしくは恋人がいるのかい？」

「……いいえ。おりませんが」

のっけから随分と私的なことを聞いてくる。湧き上がる不快さを表に出さぬよう、ジーナは微笑んで返した。

「ではなぜ君は、アルトゥールの気持ちを受け入れないんだい？　君の立場からすれば悪くない話だと思うが」

「………」

そんなものは個人の自由である。身分など関係のない同じ学園の生徒であると言ったその口で、たかが男爵令嬢であるくせに、侯爵子息の求愛を断った、と咎める気だろうか。

（矛盾したことを平気で言うのね）

このぼんくらが次代の王とは、我が国の未来は暗そうだ。本人に悪気はない分、根が深そうである。これでは側近となる予定のアルトゥールもさぞかし苦労することだろう。

ジーナは覚悟を決めると、口を開く。身分など関係ないと他ならぬ王太子自身が言ったのだ。言いたいことは言わせてもらおう。

「アルトゥール様にこそ、そのご身分からして婚約者の方がおられるでしょう？　私は不誠実なことを……見知らぬ誰かを傷つけるような無責任なことを、するつもりはありません」

その場が静まり返った。まっすぐな姿勢で言い放ったジーナの言葉は、実に真っ当だった。

ジーナは自分のことを大切に思っているし、大好きだ。

よって、己の良心に悖(もと)ることはしたくないし、自分を侮(あなど)る人間に対し、媚びる気もない。

この場にいる生徒会の面々は、ほぼ全員婚約者がいる。だからこそ、それらを気にすることなく彼らに擦り寄る子爵令嬢に対し、学園の生徒たちからは侮蔑するような目が向けられているのだ。

だがジーナからすれば、婚約者がいるにも関わらず子爵令嬢をそばに侍(はべ)らせることに抵抗のない彼らも、また同罪だと思っている。だからこそ、そのことに対する毒を言葉に忍ばせた。

公爵家の次男も、辺境伯家の双子も、ジーナの発言にわずかに眉をひそめた。少なからず自覚はあるのだろう。結構なことだ。

王太子もまた感嘆した目でジーナを見つめていた。おそらくジーナのことを見くびっていたのだろう。

それから、ニヤニヤと人が悪い顔で笑った。

「それは理由にならないよ。君は知らないようだけれど、アルトゥールに婚約者はいない。もちろん子供の頃からいくつか話はあったが、なぜか彼はその全てを断っている」

今度はジーナが驚く番だった。確かに彼の婚約者の話を具体的に聞いたことはない。だが、そのことに言及したことはないし、本当にいないとは思わなかったのだ。

目を見開いたジーナの様子に溜飲が下がったのか、王太子は満足げに足を組み替える。

「アルトゥールは見た目にそぐわず理想主義者(ロマンチスト)でね。運命の相手に会えるまで、婚約はしないと両親に言い張ったそうだよ」

「…………」

まさかとは思うが、その運命の相手とやらは、自分（ジーナ）のことだろうか。少々うすら寒いものが背中を走る。

ありがたいことなのかもしれないが、やはり重い。

「侯爵夫妻はとても困ったそうだけどね。普段物分かりの良い息子が、そのことだけは断固として拒否するから、仕方なく彼の意志を受け入れたんだってさ」

つまりこれまでのアルトゥールの言葉に、一切嘘はなかったということだろうか。

彼はジーナに対し浮ついた気持ちで言い寄っているわけではなく、また、本気で結婚したいと思っているということか。

ジーナの中で、思っていた以上の喜びと、自分こそがアルトゥールを見くびっていたのだという罪悪感が湧いた。

しかし、それに水を差すような王太子の言葉が降ってくる。

「まあ正直なところ、それでも君とアルトゥールが結婚するのは難しいだろうけれどね。せめて学生の間くらい、彼に夢を見せてやってくれないか？」

「………」

本当に、どこまでも身勝手な話だとジーナは思った。

上流階級の子女で構成されたこの学園で、アルトゥールとの仲が周知されてしまえば、同時にジーナは傷物になったと認知される。きっともうジーナにまともな縁談は来ないだろう。

それを知りながら、平気でそんなことを宣（のたま）う王太子にとって大事なのは、ジーナではない。友人であり将来自分の右腕になるであろうアルトゥールの、学生時代における綺麗な思い出だ。そのために消費されるジーナの将来など、彼にとってはどうでもいい。

おそらく彼らのような上流階級の子息にとって、この学園生活は重責を背負わされる前の、貴重な自由時間なのだろう。だからこそ、若気の至りという名の戯れの恋のため、目の前の花を手折ることに躊躇がない。

最近では自由恋愛が叫ばれ始めているとはいえ、依然として色恋の傷を負うのは立場が弱い女性の方だ。戯れに手折られ、打ち捨てられ市場価値が下がったと見なされた花は、その後も長く続く自分の人生をどうしたらいいのか。

王太子に寄り添ったままの子爵令嬢の顔が、強張っている。自分もその立場なのだということに、今更ながらに気付いたのだろうか。

せめて嫌味の一つでも言ってやらねばと、ジーナが拳を握りしめ口を開きかけたところで。

バァン！　とけたたましい音を立てて生徒会室の扉が開かれた。

「レオニード！　貴様！　ジーナに何をしている‼」

響き渡る大喝に、生徒会室中の空気がビリビリと振動した。

アルトゥールだ。こんなにも怒り狂い、大きな声を上げる彼を、ジーナは初めて見た。

女性にとって男性の大きな声は恐怖だ。本能的なものか、思わずジーナの足が震える。怯えた顔のジーナを見て我に返ったのか、アルトゥールは唇を噛み締め、さらに続くはずの恫喝を飲み込んだ。

「あ、アルトゥール。そんなに怒らなくたっていいじゃないか。ただ君の想い人に興味があっただけなんだ」

ちなみにレオニードというのは言わずもがな、王太子の名である。彼らは名前で呼び合うほどに親しい仲ということだ。だがそんな王太子もまた、こんなにも激昂したアルトゥールを見たことがなかったのだろう。怯え切った目で必死に言い訳をする。

「……好奇心は身を滅ぼすぞ。レオニード。その軽率さをいつも陛下に窘められているだろうが」

「悪かったよ。でもこんなことで、そんなに怒らなくてもいいじゃないか」

「俺が何にどれだけの怒りを持つかは、俺自身の決めることだ。貴様に指図される謂れはない」

しどろもどろで子供のような言い訳を繰り返す王太子と、ドギマギと居心地悪そうにする生徒会の面々に、ジーナは白けた目を向けた。アルトゥールの普段の苦労が目に見えるようだ。おそらくこの生徒会は、アルトゥールがいるからこそなんとかなっているのだろう。

しかし目の前のこの幼稚な男は、一応は我が国の王太子なのだが。幼馴染とはいえアルトゥールはそんなぞんざいな態度で良いのであろうか。他人事ながら心配になってしまう。

「だ、大体、アルトゥールはなんでここがわかったんだい？」

話題を逸らすように王太子が聞く。確かにそれはジーナも聞きたい。ジーナはアルトゥールに目を向ける。

すると彼は、大したことではないと言うように口を開いた。

「校門前の廊下でジーナの帰りを待っていたが、いつもの時間に彼女が姿を現さないんでな。心配になって通りかかったヴェロニカ嬢に聞いたら、ジーナがお前に呼び出されたというから、慌ててここに来た」

嬉々として、面白可笑しく大げさにアルトゥールに状況を説明したであろうヴェロニカの姿を想像し、ジーナは少し笑ってしまった。アルトゥールに隠しておきたかったのなら、まずはおしゃべりな彼女にしっかりと口止めをしておくべきだったろう。

そして、少々ジーナの帰りが遅くなったからといって、すぐに行動を起こすアルトゥールの粘着ぶりが今日も通常通りでひどい。

「……行こうジーナ。怖い思いをさせたな」

正直なところ、一番怖かったのは生徒会の面々ではなく激昂したアルトゥールだったが、特にこの場に留まる理由もなかったので、ジーナは頷く。

するとアルトゥールはジーナに近づき、彼女の手を取ると、強く握りしめて歩き出した。その硬く大きな熱い手のひらに、ジーナの心臓が大きく跳ねる。

ジーナの動揺をよそに、アルトゥールは生徒会室を出る前に王太子に振り向き、捨て台詞を吐いた。

「レオニード！　俺はもう二度と貴様の尻拭いはしないからな！　覚えておけ！」

「え？　待って⁉　それは困るんだけど！」

王太子がひどく慌てている。やはりこれまで彼の尻拭いをアルトゥールがしていたのだな、などとジーナはまたしても王太子に白けた目を向けた。今後も継続してさせるつもりだったのにも呆れる。反省がまるで見えない。

「そんなにその子が大事なの⁉　僕よりも⁉」

「当たり前だ。貴様とは比べ物にならん！　大体、これまでも陛下に頼まれたから仕方なくお前の面倒を見てやっていただけだ。だが今日限りで生徒会は辞める。ジーナとの貴重な時間をこれ以上潰されたくない」

「えええーっ！」

今度は周囲の生徒会の面々も慌て出した。やはりアルトゥールがいないと生徒会（ここ）は回らないのだろう。だがジーナとの貴重な時間とはなんだろう。そんな予定はジーナには一切ないのだが。

それでもジーナはそれなりに空気の読める人間なので、これ以上面倒なことにならないよう、何も言わずアルトゥールに付いていくことにした。


しばらく無言のまま歩き、やがて生徒たちの憩いの場である薔薇（ばら）が咲き乱れる学園の中庭へと出る。

そこで、ようやくジーナはアルトゥールに向かい、言葉を発した。

「あの、アルトゥール様。手を……」

困ったようなその声にアルトゥールは振り向き、そして固く握られた互いの手を見つめ、我に返ったように慌ててその手を離した。

「す、すまない。勝手に」

しどろもどろながらも詫びるその耳がわずかに赤い。それを見つけたジーナは、なぜか、この厳（いか）つい男を可愛いと思ってしまった。

噴水の横にある長椅子（ベンチ）に、彼に促されるまま腰をかける。

「本当にすまなかった。奴らに変なことをされなかったか？」

いくつか言葉を交わしただけで、特に何かをされたわけではない。強いて言うのなら、この国の未来をいささか憂いてしまったくらいである。

「何もございません。ご心配ありがとうございます」

ジーナが微笑んで礼を言えば、彼もまた安堵したように笑った。

ジーナと共にいる時の彼は、実に表情が豊かだ。そんなことにわずかばかりの優越感を持ってしまい、そして自覚する。

（ああ、どうしよう。――これは、やっぱり恋だ）

慌てた様子で自分を助けにきてくれたアルトゥールを見れば、どうしようもなく嬉しかった。

ジーナは俯いて、この恋の、その先のことを考える。やはりどうしても山や谷しか見えない。

黙り込んでしまったジーナを見て、アルトゥールが心配そうにしている。さて、何から話そうか。

そうだ。まずは、彼に詫びなければならない。ずっと、彼のことを誤解していたのだから。

「殿下から伺ったのですが、アルトゥール様には結婚を約束された方がいらっしゃらないのですね」

すると、それを聞いたアルトゥールは、意味がわからない、といったような顔をした。

「……は？　知らなかったのか？」

「ええ。存じ上げませんでした。だって侯爵家の方なら、物心ついた頃くらいには婚約者の一人や二人いるものでしょう？」

「一人も二人もいるわけがないだろう！　ならばジーナは俺を、婚約者がいるというのに君に言い寄るような軽薄な男だと思っていたのか？」

アルトゥールの顔が怒りで染まる。ジーナはびくりと肩を震わせた。どれほど気を強く持とうとしても、やはり目の前で男性に怒りを露わにされるのは怖い。

そんな彼女の怯えた様子に、アルトゥールはまたしても慌てて、頭を下げた。合わせて彼の漆黒の髪が、さらりと音を立てて肩から滑り落ちる。それを見て、ジーナはただ綺麗だなと思う。

「すまない。……君が俺に興味がないことなんて、わかっていたのに」

自分で言って、傷ついた顔をする。困った男だとジーナは思う。そして、彼を傷つけているのが、自分だという事実にほんの少し愉悦が滲む。

やはりそんな彼を可愛いと思ってしまった。可愛いなんて表現が一番似合わそうな男だというのに。

確かに、これまでジーナは彼のことを知ろうとはしなかった。これ以上、彼に深入りしたくなかったからだ。

そのことに、改めて後悔をする。もっと早くアルトゥールと向き合うべきだったと。

「……正直、やはり身分の差が大きいので。アルトゥール様の気持ちを受け入れても、いずれは捨てられるのだろうと思っていたのです」

「そんなこと、するわけないだろう！」

「学生の間だけの戯れの恋の相手になんて、なりたくなかったんです」

「だからそんな勿体のないこと、死んでもしないぞ！　……だが君にそんな不安を抱かせる、俺も悪かったんだろう。もっと具体的に未来を提示するべきだったな」

またしても何やら重いことを言い出した。だが、あの軽薄な王太子を見た後では、その重みを尊く感じる。

「確かに君と俺との間にはいくつもの隔たりがある。だがどうしても、俺は君のことが好きなんだ、ジーナ。君以外には考えられない」

「……どうして、そこまで」

彼の真摯な告白を、ジーナはこれまでで、一番素直な気持ちで聞いていた。

ジーナは思わず問うた。そこまで思ってもらえる理由が、やはりどうしてもわからない。

するとアルトゥールは眩しそうにジーナを見つめ、口を開いた。

「運命の相手、というのを俺は信じていて」

「……はあ」

「その人に会うために、俺は今まで生きてきて」

「………はあ」

「君を一目見た瞬間、ああ、君が俺の運命なんだってわかった」

「…………」

「君は、俺の運命だ。ジーナ」

念を押すように二度も言われた。ジーナは思わず空を仰ぎそうになる。

つまり、やはりこれは一目惚れということか。しかも超重量級の。

（重い！　これは流石に重すぎるわ……！）

自分にはどうやってもこれと同じだけの想いを、彼に返せるとは思えない。窒息しそうな重さだ。

――――でもそれなのに。不思議とその重さがほんの少し嬉しくもあって。

そんな自分が信じられないが、きっとこれが恋のなせる業なのだろう。

ジーナの中で、半ば諦めにも似た覚悟が決まる。

「だがすまない。君が生徒会室に呼び出されたと聞いて、渡すはずだった花とケーキを、その場に置いてきてしまった。本当にすまない」

広い肩を落とし、詫びを連呼しながらしょんぼりとしてしまったアルトゥールに、ジーナは笑った。

きっと花とケーキは、気の利く我が友ヴェロニカが、しっかりと回収してくれているだろう。

ジーナは鞄から、昨夜彼のために焼いたクッキーを取り出す。

（さて、とりあえずは、山のことも谷のことも忘れてみましょうか）

きっと人生において、こんなにも他人に想ってもらえることなど、もうないだろう。

ならば、いっそのこと自己防衛本能に逆らって、泥船に乗ってみるのも悪くない。

「あの、アルトゥール様。これ、よかったら一緒に食べませんか？」

可愛らしい包装紙に包まれたクッキーを彼に差し出す。

「え？　俺に？　君から？」

それ以外に何があるというのか。ジーナはまた笑う。

「ええ。いつもいただいてばかりなんですもの。実は昨日私が焼いたクッキーなんです。お口に合うかはわかりませんが、よろしければ……」

「君が？　焼いた……？　ああ、もらう！　もちろんもらうとも！　でも本当に？　俺に？　え、そんな、勿体なくて食べられない。今すぐ他に何か菓子を買ってくるから、これは手をつけなくてもいいだろうか？」

永久保存しなければ、というアルトゥールに、「腐りますよ」と冷静に指摘しながらジーナは微笑む。

完全に混乱している彼が、やっぱり可愛いと思う。

「また作ってきますから。だからこれは一緒に食べましょう」

そう説得して彼の手の上で、包装紙を広げる。中には可愛らしい形をしたクッキーが入っている。

その一つを指先で摘み上げて、アルトゥールはなぜか懐かしそうにとっくりと見つめる。そして恐る恐る口に運んだ。さくり、と軽い音を立ててクッキーが彼の口の中で消える。

「…………っ」

咀嚼をしながら、アルトゥールが思わずといったように目を細める。彼の目がわずかに潤んで見えた。

「あの、どうでしょうか？」

心配になってジーナは思わず聞いてしまう。彼のために甘さは控えめにしたし、自分で味見したときも特に問題はなかったのだが。そんな、涙目になるほど不味かっただろうか。

「美味しい……世界で一番美味しい……」

すると、なにやら震える声でやたらと壮大な言葉をもらった。いくらなんでも大袈裟である。どうやら恋という名の万能調味料が効いているようだ。

だがまあ、褒めすぎだとは思うが、喜ばれるのはやはり無条件に嬉しい。

「これからも一生食べ続けたい……。頼むジーナ。俺と結婚してくれ……」

それからいつものように求婚される。すがるようなその言葉に、ジーナは少し考え込む。

そんな彼女を怪訝そうにアルトゥールは見つめた。普段なら瞬時に断られるのに、一体どうしたことだろうと、不思議に思ったのだろう。

「ええと、今は学生なので、結婚は難しいです」

「……え?」

普段とは違ったジーナの言い回しに、アルトゥールが間の抜けた声を上げた。そんな彼に、微笑んでジーナは答えた。

「なので、まずは恋人から始めませんか?」

「え……?」

アルトゥールがその紫水晶色の瞳を限界まで見開き、ぽかりと口を開けたまま、唖然としている。凛々しく整った顔が台無しである。

それからしばらくしても固まったままのため、ジーナは彼の顔を覗き込む。どうやらジーナがなんと言ったのか未だに飲み込めていないらしい。

「……だめですか？」

わざとらしく悲しげな声を出してみたら、アルトゥールは一気に正気に戻り、素っ頓狂な声を上げた。

「いやっ！　ダメなわけがない‼　恋人！　ぜひ！　え？　本当に？　恋人……？」

アルトゥールは泡を吹きそうなくらいに動転している。そんな彼の姿に、ジーナは声を上げて笑ってしまった。

「はい。ではよろしくお願いします」

お付き合いの開始として、ジーナは握手しようと手を差し出す。すると思い切りその手を握られ、強い力で引き寄せられてぎゅうぎゅうに抱きしめられた。

「嗚呼、柔らかい……。なんという柔らかさだ……。素晴らしき低反発……。想像以上だ……」

などとブツブツ呻かれて少々引いたが、初めて身近に感じた家族以外の異性の温度と感触、そして匂いに、ジーナは恥ずかしくて固まることしかできなかった。


こうしてジーナとアルトゥールは晴れて恋人同士になったのだが、これで少しは落ち着くかと思われた彼の粘着性は、むしろ増すこととなった。

とにかく空いた時間は全てジーナのそばにいる。授業と授業の間の短い休み時間ですら、わざわざ一年の教室に顔を出す。昼休みには必ず一緒に食事をとるし、放課後はジーナの門限ギリギリまでそばにいて、離れようとしない。挙句「こんなくだらないことに時間を使えるか」と言って、本気で学園の生徒会を辞めようとした。

だが、阿呆（あほう）王太子の父である国王陛下に懇願され、仕方なく続けることになってしまったそうで、悲しむアルトゥールを慰めながらも、ジーナが内心ホッとしたのは内緒である。やはり自分の時間も大切なのだ。

そんなジーナへの溺愛ぶりに、アルトゥールは太めの女性しか愛せない特殊性癖なのだと周囲から生ぬるい目を向けられている。

本人は気にしていないようだが、ジーナとしてはそれも腹立たしくてたまらない。

ジーナは太っているわけではない。ただ、平均より少しだけぽっちゃりしているだけなのである。

――そして、想定外だったことは、もう一つあった。


「ふっ……！　んっ……！」


昼食を終えた後、連れ出された中庭の木の陰で、ジーナはアルトゥールに唇を貪られていた。

呼吸さえも奪われそうなほどに、口腔内を蹂躙（じゅうりん）される。

腰が痺れ、足元から地面に崩れ落ちそうになるのを、アルトゥールの逞（たくま）しい腕が支えている。少々重めのジーナを、容易く支えられる彼の鍛えた体は素晴らしい。だが、そんなことよりも。

縮こまり、奥へと逃げようとするジーナの舌が、アルトゥールの肉厚な舌に絡めとられ吸い上げられる。

嚥下しきれなかった唾液が、口角から溢れた。

アルトゥールの大きな手が、ジーナの臀部（でんぶ）をさわさわと撫でる。

（手が早いわ……！）

そう、アルトゥールは隙あらばジーナに触れようとしてくるのである。それも性的に。

そういえば恋人となったあの日も、あのまま長時間ぎゅうぎゅうに抱きしめられ、挙句、初めての口付けまで奪われたのだった。

アルトゥールの求愛を受け入れた際、純情そうに喜ばれたこともあって、まさかそこまで一足飛びにことを進められるとは思わず、彼に抱きしめられ、見つめられてぼうっとしている間に、ジーナは唇を重ねられてしまった。

彼の紫水晶の目がすぐそばにあることに驚き、唇に自分以外の温もりがあることに気付いた時には時すでに遅く、そのまま口腔内への舌の侵入まで許してしまい、散々貪られたのだ。

もちろん正気に戻ってすぐに彼の鳩尾（みぞおち）へと拳を叩き込み、体を引き離して「手が早すぎる」と怒った。が、すまないと口では言いつつニコニコと幸せそうに笑うアルトゥールに毒気を抜かれ、結局はそれらの蛮行を許してしまった。今思えばそれが最大の過ちであった。

それ以後調子に乗ったアルトゥールに、こうして頻繁に手を出されるようになってしまったのだ。

大きな体をなんとか押しのけようとするが、耳元で熱に浮かされたようなアルトゥールの低く罪深い声で、「ジーナ、愛している」などと延々と囁かれ、耳朶（みみたぶ）を食（は）まれれば、ぞくぞくとした何かが体の中を走り、力が抜けてしまって、なかなか彼の腕の中から逃げ出すことができない。

このままでは卒業前に子供を孕（はら）まされて学園を退学、なんてことになりそうで不安である。……いや、む

しろ彼は絶対にそれを狙っているに違いない。本当に怖い。

「んあっ……！　アルトゥール様！　ダメです！　そこまでですって！」

なんとか最後の理性を振り絞って、ジーナはアルトゥールの口を両手で塞いで、なだめながらも距離をとった。その隙にも、不埒にジーナの制服のスカートの裾に忍び込もうとしている彼の手を、ぺしりと叩き落とす。

肩で息をしながら潤んだ視界で彼を睨み付けると、くっと小さな声で彼が呻いた。

「なんなんだ……なんでそんなに可愛いんだ。無理だ。我慢できない。抱きたい。というわけで学校は諦めて俺と結婚してくれ」

「無理です」

ジーナがさっくりとアルトゥールの懇願を切り捨てれば、彼は悲しげに肩を落とした。

本気で嫌がればちゃんと引いてくれるのはありがたいが、本当にいい加減にしてほしい。

これ以上盛られないために、人目のある場所へ出ようと、ジーナは彼の手を引いて木陰から抜け出し、二人で中庭を歩く。

中庭の中央には美しい水を湛える泉があり、その周りを見事な大理石の彫刻が囲んでいる。

その水底に陽の光を受けてきらきらと輝くのは、いくつもの硬貨だ。

この泉に背を向けて硬貨を投げ込み、泉に入れば願いが叶うという言い伝えがあるため、生徒たちがよく硬貨を投げるのだ。

「ジーナはこの泉に硬貨を投げたことがあるかい?」

同じ場所をぼうっと見ていたからだろう。アルトゥールに問われ、ジーナは首を横に振った。残念ながらジーナは現実主義者であり、おまじないの類を信じる人間ではない。

「アルトゥール様は投げたことがおありですか?」

「ああ。実は昔、この泉に硬貨を投げたら、本当に願い事が叶ったのだと俺に教えてくれた人がいて」

彼が懐かしそうに、甘く笑った。――おそらくそれは、自分に向けられたものではなくて。

ジーナの胸がチクリと痛んだ。彼はジーナよりも二歳年上で、さらには侯爵家の嫡男だ。かつてジーナ以外に恋をした相手がいても、なんらおかしくない。

彼のくれる恋心を重いと感じながら、それでも独占欲だけはちゃんとある自分がなんともいやらしくて、情けない。

「だから、半年前くらいか。君の心が欲しいと、そう思って投げた」

一瞬気持ちが沈みそうになったところに、自分のことを言われ、ジーナは顔を上げる。

「……あら? その硬貨は泉の中に入りましたの?」

「ああ。綺麗に入った」

「では、その願いは叶いましたの?」

少々意地悪な質問をしてみれば、アルトゥールは普段はキリッとしている眉を、情けなく下げた。

「どうだろうか。叶っていたらいいと、そう思っている」

ジーナは軽く微笑み、彼の手を引いて、泉近くの東屋の中にある長椅子へと誘う。

しょんぼりとしたままの彼がなんとなく可哀想になり、先に長椅子に座って、自らの膝を叩いてみせる。

するとアルトゥールは一気に顔に喜色を浮かべ、嬉々としてジーナの膝に転がった。

「ああ、たまらない……。やっぱりジーナの太ももは最高だ……。この頭が深く沈み込む感じが」

同情した自分が馬鹿であった。引っ叩いてやろうかと思いつつ、ジーナは彼の黒髪を撫でてそのサラサラした感触を楽しむ。

彼の願いは、ちゃんと成就している。

面倒臭がりな自分が、こんな面倒極まりない男を恋人としている時点で。

「そうだ。ジーナ。明日は何が食べたい？」

すっかりご満悦のアルトゥールに聞かれ、明日の予定を思い出したジーナは、口を開いた。

「そういえば私、明日は校外授業なんです」

だから教室に来られても自分は学校にいないのだと伝える。危うくいつものようにケーキを買ってもらっても無駄になってしまうところだった。先に伝えておけてよかった。

するとそれを聞いたアルトゥールが、不快げに顔を歪ませた。

「――――ああ、もうそんな時期か」

苦々しい声で言うアルトゥールに、ジーナは首をかしげた。

確かに彼は毎日のようにジーナに張り付いているものの、生徒会の仕事や互いの家の事情で丸一日会えないことは、これまでもあった。それほど不機嫌になることでもないと思うのだが。疑問に思いながらもジーナは言葉を続ける。

「ええ、王立劇場に、舞台を観に行くんです」

「……『エレオノーラ』？」

「はい。歌劇『エレオノーラ』を」

王都に来てからずっと、ジーナは王立劇場で観劇することを楽しみにしていた。

国一番の歌劇団のチケットは、下流貴族ではなかなかに得ることが難しい。だから入学した際に、校外授業で観劇できるのだと聞いて、大喜びしたのだった。

一年生が観劇するのは、毎年変わらず歌劇『エレオノーラ』である。誰もが知っている有名な演目だ。だが田舎育ちのジーナはまだ見たことがない。

わくわくと声を弾ませるジーナに、アルトゥールの眉間の皺がさらに深くなる。何か不快になるようなことを言ってしまったかと、ジーナは彼の目を覗き込んだ。その深い紫色の目は、不安げに揺れている。

「……なあジーナ。その校外授業をサボらないか？」

「…………はい？」

突然の突拍子もない提案に、ジーナは驚き目を見開いた。

「俺は、あの演目が嫌いだ。できることなら上演禁止にして、この国からその存在を消し去ってしまいたいくらいに、嫌いだ」

随分と過激な言い草である。アルトゥールは表情はクールだし、口数もそれほど多くないが、基本的には穏やかな性質の男だ。一体どうしたと言うのだろう。

「観劇といえど、授業の一環ですもの。サボるわけにはいきません」

「俺が、どうしてもと言ってもか」

「嫌です。ずっと楽しみにしていたんですもの」

「頼む。行かないでくれ。近く違う演目に連れて行ってやるから」

彼は何をそんなに引き留めるのだ。たかが観劇するくらいで。

「……なぜそんなに嫌がるのです？　その理由は？」

しつこく食い下がられて理由を問えば、アルトゥールは一瞬視線をさ迷わせ、もう一度ジーナを見つめる。

その目は、深い苦悩に満ちていた。

「……上手くは言えない。だが、頼む。少しでも俺を愛する気持ちがあるのなら、行かないでくれ」

「無理です。アルトゥール様。愛とは全ての免罪符ではございませんのよ。私は私がしたいようにします」

「では俺も一緒に行く」

「一年生の授業ですよ。アルトゥール様には三年生として受けるべき授業がございましょう？」

「だが……」

「いい加減になさいませ。世の中には守るべき規則（ルール）がございます」

ジーナにぴしゃりと叱られ、悔しそうに唇を噛み締めながらもアルトゥールはやっと承知した――かと思いきや。

「やっぱり行かないでくれ！　明日一日俺と共に過ごそう！」

「いい加減しつこいですわよ！」

つくづく諦めの悪い男である。ジーナは深いため息を吐いた。

# 第二章　稀代の悪女は自虐的

ジーナたちが住むカリストラトヴァ王国の前身は、リヴァノフ帝国の従属国、カリストラトヴァ公国であった。

だが三百年ほど前、リヴァノフ帝国は従属国の連合によって倒され、それぞれの従属国に分割され併合されたのだ。

その原因となったのは、――一人の女。

それこそが歌劇の主人公(ヒロイン)ともなった悪女、エレオノーラ・ラリオノヴァである。

元はカリストラトヴァ公国の第三公子の妻でありながら、その美貌で祖父ほどに年の離れたリヴァノフ帝国の老皇帝を籠絡し、皇帝の寵妃となった。

老皇帝は彼女を溺愛し、彼女のために湯水のように国費を使い、政(まつりごと)を放棄して国を傾け、従属国による反乱を許し、帝国は滅びることとなったのだ。

リヴァノフ皇宮に先陣を切って攻め込んだのは、エレオノーラのかつての夫でカリストラトヴァ家の第三公子、ルスラン・カリストラトヴァ。彼女は元夫の手によって、その命を落としたと伝えられている。

ジーナは王立劇場の座席に座り、演目のパンフレットに目を通しながら少し残念に思う。せっかくの念願の王立劇場での観劇だというのに、この作品は悲劇のようだ。できるならば、気分が明るくなる喜劇が観たかった。

「それにしても、どうしてアルトゥール様は、そこまでしてジーナにこの歌劇を観せたくなかったのかしらね？」

ジーナの隣の座席に座るヴェロニカが首を傾げた。

「それが、私にも全く理由がわからないのよ」

ジーナも同じく首を傾げる。アルトゥールがこの作品を嫌いだ、というのは別に良い。そんなものは個人の嗜好の問題だ。

だが、だからといってジーナにも見るなと強いるのは一体どういった了見だろう。アルトゥールはジーナへと向ける重く粘着質な恋情以外は、比較的良識のある人物であり、今回のように理不尽なことを強いるような性格ではないはずなのだが。

だがあまりにしつこかったので、この半年で大体彼の行動傾向（パターン）が読めていたジーナは、念のために昨夜はシロトキナ男爵家の王都別邸（タウンハウス）には戻らず、ヴェロニカの家に泊めてもらった。ヴェロニカとは物心ついた頃からの付き合いであり、今でも互いの家を良く行き来する仲だ。実家もヴェロニカの家も受け入れてくれた。

すると案の定、アルトゥールは早朝からジーナを連れ出すべく、彼女の家の前で待ち伏せしていたと、近辺に住んでいる同級生が教えてくれた。それほどまでにジーナをこの校外学習に参加させたくなかったのだろう。

しかしジーナはヴェロニカの家から登校し、無事、こうして観劇に来ることができたのだった。

（残念だったわね！）

多少の罪悪感はあるものの、アルトゥールをまんまと出し抜いてやったという勝利に、ジーナは酔っていた。

「……ねえ、ジーナ。見て」

するとヴェロニカが面白そうに何列か前の席を指差す。

そこには、先日生徒会室にいた子爵令嬢イヴァンカが座っており、その左右には同じく一年生である辺境伯家の双子が座っていた。どうやら今日は王太子殿下がいないので、彼らにくっつくことにしたのだろう。逞しいことである。イヴァンカは、双子たちに甘い声で囁いている。

「ねえ、エレオノーラってとんでもない悪女なのでしょう？　美貌と巧みな話術で男たちを手玉に取り、金を湯水のように使わせ、リヴァノフ帝国を滅ぼしたっていう――」

「ああ、それで最後は捨てた元夫に殺されたんだよ。まあ自業自得だよな」

「それにしても怖い話だ。僕らも変な女には騙されないようにしないと」

「平気で何回も夫を変えるだなんて信じられない。『貞女二夫(ていじょじふ)に見(まみ)えず』っていうのに。私ならただ一人の方に尽くすわ！」

彼らの会話を盗み聞いて、流石のジーナもヴェロニカとともに「うわぁ」と失笑した。

（それを言う権利があなたたちにあるの……？）

そう、思わず心の中で盛大に突っ込みを入れてしまった。世の中には、自分のことはしれっと棚に上げてしまう輩がいるらしい。おめでたいことである。きっと生きるのが、さぞかし楽なことだろう。

見渡せば、周囲の生徒も同じように思っているようで、嘲笑と侮蔑を含んだ視線を三人に向けている。

その愛らしさと、身分を弁えない馴れ馴れしい態度で、周囲の男たちを虜にしているイヴァンカ。女子生徒たちの間で〝現代のエレオノーラ〟などと揶揄されていることを、本人は知らないのだろうか。

（まあ、私もエレオノーラのことはよく知らないのだけれど）

カリストラトゥヴァ王国の三大悪女の一人、と称されていることは知っているが、具体的に彼女が何をしたのかは知らない。

そもそもジーナは歴史の授業はあまり好きではなく、そしてジーナは興味があるものとないものの落差が非常に大きい性質の人間である。彼女にとって歴史の授業とは、ただひたすら眠気との戦いでしかない。

「あ、始まるわよ」

開幕を告げるベルが鳴らされ、小声で嬉しそうにヴェロニカが言った。ジーナも居住まいを正し、舞台を注視する。たとえ悲劇であろうと、楽しみにしていた舞台だ。期待で心臓が高鳴った。

割れんばかりの盛大な拍手の中、幕があがる。

そこは美しい宮殿を模した舞台。その中心で、一人の可憐な少女が立ち上がり、歌い、踊り出す。

劇場全体に響き渡るその美しい歌声に、ジーナはほうっと感嘆のため息を吐いた。

物語は歌とともに進む。夢見る一人の少女が、やがては稀代の悪女へと身を落とす様を、美しく妖しく描き出す。

主人公エレオノーラは一人目の夫をその美貌で手に入れ、それを足がかりにしてさらに権力を持った皇帝へと標的を定める。

エレオノーラにとって、男とは、自分の欲望を満たすための道具でしかない。

彼女にあるのは飢えだ。

どれほどのものを手に入れても、彼女の欲望は尽きることがなく、故に満たされることもない。

「なんて女なの……」

エレオノーラが一人目の夫をあっさりと捨てた場面で、感受性の豊かなヴェロニカが、嫌悪感を露わに小声で毒吐いた。

だがジーナはそれどころではなかった。

開幕後、少ししてから始まった耳鳴りと頭痛がとまらない。それどころか、物語が進むにつれ、どんどんひどくなっていく。寒気が襲い、脂汗の浮いた全身がカタカタと震える。

（違う。こんなの、全然違うのに）

激情が、ジーナの中で荒れ狂っていた。吐き気がしそうなほどの、嫌悪感と共に。

だがヴェロニカは舞台に夢中で、そんなジーナの様子には気付かない。

やがて物語は終盤へ。リヴァノフ帝国が滅びの時を迎え、悪女の終焉もまた訪れる。

この劇場にいる誰もが、この悪女への断罪を望んでいた。恐らくは当時の人々と同じように。

ただ一人、ジーナを除いて。

(――いや。いや。やめて、やめて、やめて)

ジーナは頭を抱え、心の中で叫ぶ。次から次に涙が噴きこぼれる。

一体これはなんなのか。

なぜこんなにも体が、魂が、恐怖に怯えているのか。


――おねがい。だれか、たすけて。


「ちょっと！　ジーナ!?」

ようやく隣に座る友人の異変に気付いたヴェロニカが、声を上げた。

限界を超えたジーナの視界が暗転する。

そして、暗闇の中、座席から転げ落ちそうになったその瞬間、逞しい腕が彼女の体を支えた。

――いつもの、懐かしい、温かな腕。

「…………！」

ジーナの唇が、誰かの名を呼んだ。

――愛してる。あなたのためなら、この名がいくら汚れても、構わない。


「……お嬢様。エレオノーラお嬢様」

聞き慣れぬ声に話しかけられて、急激に意識が浮上する。そして、ジーナはそっと重い瞼(まぶた)を開いた。

「ん……？」

「エレオノーラお嬢様？　もしかして、眠っておられたのですか？」

声の方に顔を向ければ、そこには少々呆れたような顔をした、見知らぬ女。

その格好から察するに、どうやら侍女のようだ。だが、そのお仕着せは随分と古臭い形をしている。

「ほら、お支度が終わりましたよ。そろそろ起きてくださいませ」

どうやら髪を結ってもらっているうちに、眠ってしまったらしい。だが、シロトキナ男爵家にこんな侍女がいただろうか。

「ありがとう」

わけがわからないまま侍女に声をかけ、そしてまた違和感を持つ。自分の声は、こんなにも高く細い声だったろうか。

首を傾げつつ、視線を下に落とし、やはり見えた自らの腕にも違和感を覚える。自分の腕はこんなにも細く、透けるような白さだっただろうか。

そして椅子から立ち上がり、そっと両手で腰（ウエスト）を押さえ、

「細っ!!!」

ジーナは思わず叫んでしまった。腰を挟んだ手の指先と指先がくっついてしまいそうな細さだ。正直なところ物心ついて以後、こんなにもジーナの腰が細かったことなどない。

一体なぜ突然、自分はこんなにも急激に痩せてしまったのか。

ジーナは慌てて近くにあった古めかしい形の姿見に走り寄って自らの姿を映し、絶句した。

少々映りの悪い鏡の中にいたのは、美形揃いの王立学園でも見たことがないほどの、絶世の美少女であった。

完全なる左右対称の小さな顔。ほんのすこし眦（まなじり）の上がった大きな青玉（サファイア）の目。鼻は細く、けれども上品に高く。花びらが浮いたような薄紅色の、ぽってりとした小さな唇も愛らしい。美しく整えられたまっすぐな黒髪は、艶やかだ。

「な、なによ、これ――っ!!」

暫し見とれてしまった後、ジーナはびっくりして叫んだ。一体何事かと髪を結ってくれた侍女も驚いた顔をしている。

「あの、エレオノーラお嬢様？　いかがなさいました？」

侍女が結った髪が気に食わなかったのかと心配している。だが心配すべきは髪型ではなくその中身である。

一体何がどういうことなのか。そう、大体自分は、王立劇場にいたはずなのである。そこで歌劇『エレオノーラ』を観ていたら急激に体調が悪くなってしまって……。

そこまで考えて、ジーナの背中を冷たいものが走り抜ける。そう、この侍女は今、自分をなんと呼んだ？

（エレオノーラって、もしかしてあの悪女エレオノーラ？）

観ていた歌劇の主人公（ヒロイン）エレオノーラ。数多の男を惑（まど）わし国を滅ぼした、稀代の悪女。

（……ふーん。なるほどなるほど）

ジーナは一人納得をした。ならばきっとこれは夢だ。自分はきっと、先ほど観た歌劇の内容に引きずられて、こんな夢を見ているのだ。

そしてジーナは、目を覚まさんと思い切り両頬を両手でつねってみた。

「痛ぁっ……！」

じんじんとした痛みが頬を襲う。嗚呼、どうしよう、ちゃんと痛い。ジーナは愕然とする。

「あの、エレオノーラお嬢様？　一体どうなさいました。医師をお呼びしましょうか？」

侍女が心配そうにジーナの顔を覗き込んだ。今度はちゃんと頭の中身を心配されているようだ。

（う、嘘でしょう……⁉）

まさか自分は本当に物語の中に入りこんでしまったというのか。

絶世の美女になったとて、若くして殺されるのならば意味がない。

嫌だ、こんなのは、夢だ。どうして、目が覚めないのか。

ジーナが混乱していると、頭の中に声が響き渡った。

『あら。いやだわ。眠ってしまったわ』

今、自分が発したものと同じ声だ。それはつまり、この体の本当の持ち主ということで。

「あなたがエレオノーラ？」

『…………!?』

恐る恐る口に出してそう聞くと、『え？　何!?　なんなの!?』と頭の中で慌てふためく気配がし、たちまちジーナは体の制御を奪われた。

「え？　え？　どうなっているの？」

今度はジーナの意志とは関係なく、高く美しい声が唇から発される。

彼女の見ているもの、聞こえているものなどの感覚は共有できるようだが、どうやらもう体は動かせないようだ。

「私の頭の中にいるのは誰!?」

頭を両手で抱えると、怯え、震えるエレオノーラの声にジーナは困ってしまう。自分でもわからない。むしろ教えてほしい。

とりあえずジーナは、わからないなりに自己紹介をすることにした。

『……初めまして。私はジーナ・シロトキナ。驚かせてごめんなさい。私にもなんでこんなことになっているのかわからないの』

「ジーナ……？」

『ええ。どうやら私、あなたの体の中に入ってしまっているようなの』

エレオノーラは鏡の中で、その美しいアーモンド型の青い目を見開いた。

「私はエレオノーラ・ラリオノヴァよ。少しうたた寝している間に、どうしてこんなことになってるの……？」

ジーナと会話するエレオノーラは、一人でブツブツと独り言を言っているような様相だったのだろう。

「エレオノーラお嬢様……。とうとうご友人のいない寂しさに、妄想でご友人を作ってしまわれたのですか……」

侍女にそう嘆かれ、憐れまれたエレオノーラは、慌てて「悪いけれど一人にしてちょうだい」と、彼女に部屋から下がるよう申しつけた。

不安そうに何度も振り返りながら侍女が退出すると、エレオノーラは疲れたように椅子に腰を沈める。

「いやだわ。私ったら、本当に空想の友達（イマジナリーフレンド）を作ってしまったのかしら。いくら友達が欲しいからって――」

そして無表情のままブツブツと呟いた。随分と混乱しているようだ。残念ながらジーナは彼女の空想の産物ではない。れっきとした一人の人間である。

『私、あなたの空想なんかじゃないわ』

「え？　だって、それならなぜ私の頭の中にいるの？」

エレオノーラは美しい眉をひそめ、鏡の中に問いかけてくる。むしろそれはジーナにこそ教えてほしい。

困ったジーナは話題を変える。

『……エレオノーラは友達がいないの?』

その言葉は剣のように、エレオノーラの心にぐっさりと突き刺さったらしい。途端に彼女の悲しみが伝わってくる。

「……いないの。私、人との付き合い方が、わからなくて……」

『付き合い方がわからない?』

「ええ、私、ひどい人見知りなの。それに口数も少なければ表情も乏しくて……友達が欲しいと思ってもなかなか作れなくて……」

そう嘆くエレオノーラを鏡で通して見て、ジーナはやや納得する。

彼女の悲しい感情は伝わってくるのだが、その鏡に映る表情は瞬きをする程度でほとんど変わらず、淡々として感じる。本人はいたって普通にしているつもりなのだろうが、整い過ぎているが故にきつめの印象の顔のせいで、「怒っている」とか「つまらなそうにしている」と、周囲が勝手に思い込んでいるのだろう。

彼女の独白を聞いたジーナは、思わず哀れんでしまった。こんなに美しく生まれついても、対人能力がないことは致命的なことらしい。

「だから、お友達が欲しいなって思っていたら、あなたが現れたの」

その声音にわずかに期待の響きを感じる。

ジーナはその期待に乗ってやることにした。エレオノーラが本当にあの悪女エレオノーラなのかはわからないが、とりあえずは現状を把握することが、第一だ。

そして、できれば元の世界に戻る方法も見つけなければ。

『そうね。これも縁だわ。私たち、友達になりましょう？』

「え？　本当に？」

鏡の中の美少女は相変わらずニコリともしないが、ジーナからの提案にどうやら喜んでいるらしい。空想であっても良いくらいに、友達に飢えていたのだろうか。

なにこの子かわいそう。ジーナは思わず今は無き目頭を熱くしてしまった。

「友達……。友達……。こんな私に、友達……？　友達なんて、初めて……どうしたらいいの……」

そう呟きながらエレオノーラは細い指で頬を押さえ、ぐるぐると部屋を歩き回っている。どうやら喜びのあまり錯乱しているようだ。ジーナの哀れみがさらに深まった。

『ねえ、それじゃあなたの話を聞かせてちょうだい？　歳はいくつ？』

「じゅ、十七歳」

『まあ！　じゃあ私と同い年だわ』

それを聞いた鏡の中の美少女が、ほんの少しだけ口角を上げる。

体を共有しているためか、彼女がとても喜んでいることがわかるのに、それがほとんど表情に出ていない。

その美貌もあって、本当によくできた人形のようだ。

（……笑った顔が見られたら、いいのに）

ジーナは思う。きっとそれは、この世のものとは思えぬほどに美しいだろう。

しかもエレオノーラはその見た目だけではなく、心根すらも美しいようだった。こうして感情が流れ込んできても、ちっとも不快にならない。ジーナに対する気遣いだけを感じる。

だというのに、エレオノーラはおろおろと視線をさ迷わせる。

「ごめんなさい。私なんかと話していても、ジーナはつまらないでしょう。もっと、私からも何か話題……ああでもごめんなさい、何も思いつかないの。ごめんなさい。私なんかが話してジーナは嫌な思いをしないかしら。本当に私ったら面白みのない人間だから……ごめんなさい」

空想友人（イマジナリーフレンド）だと思っているジーナにまで、そんなに気を遣ってどうするのか。ジーナは不可解に思う。なぜそんなにも自分を卑下しているのか。大体彼女は今何度ごめんなさいを言ったのか。しかも全く謝る必要のないことで。

もしジーナに彼女のような容姿があったのなら、女王のように傲慢に振る舞ってしまう気がする。だというのに、エレオノーラはなぜそんなに、自分に自信がないのだろう。

こんな子が男を手玉に取るような悪女だなんてあり得ない。友達一人まともに作れない少女が、何をどうしたら幾人もの男を誑しこめるというのか。

やはりこれは、同姓同名の別人であろう、とジーナは判断した。あまりにも悪女としてその名前が定着してしまったため、最近では「エレオノーラ」という名前の女性はほとんど存在しないが、きっとその名をつけることに抵抗のない親もいるのだろう。

『ねえ、お話ししましょう？　エレオノーラは、何か好きなものはないの？　聞かせてほしいわ』

会話のきっかけを作ろうとジーナが尋ねれば、エレオノーラは少し考えるように間を開けて、恥ずかしそうに答えた。もちろん鏡の中の彼女は無表情のままであったが。

「甘いものと……、それから、ルスラン様」

（また聞いたことのある名前きたー!!）

『る、ルスラン様って……？』

おそらく今のジーナに体があったのなら、その全身を粟立たせていただろう。

どうかこれも偶然の一致であってくれ、と一縷の望みをかけてジーナは尋ねる。しかし続く言葉は無情だった。

「私の婚約者なの。カリストラトヴァ公国の第三公子殿下で……。私みたいな駄目な人間には勿体ないほどの素敵な方なの」

――それは、いつか、彼女を殺すかもしれない男の名前だ。

動揺を呑みこみ、ジーナは冗談めかしてエレオノーラに聞いた。

『い、いやだわ。エレオノーラったら。カリストラトヴァは王国でしょう？　公国だったのはずっと前の話よ』

ジーナの知るカリストラトヴァが公国だったのは、三百年以上前のことだ。かつてリヴァノフ帝国の従属国だった頃の――歌劇『エレオノーラ』の時代の、遠い昔の話だ。

するとエレオノーラは不可解そうに小首を傾げた。

「ジーナ、逆よ。王国だったのは、ずっと前の話。百年前リヴァノフ帝国の従属国になった時に、公国になったのよ。もちろん未だにリヴァノフ帝国からの独立を望む人たちは多いけれど」

（なんて、ことなの……）

やはり、ここは三百年前の――歌劇『エレオノーラ』の世界なのか。

だがどういうことだろう。エレオノーラの心は美しく、そして優しい。とてもではないが稀代の悪女などになり得ない。劇中の人物描写とあまりに異なる。

「ジーナ？　どうしたの？」

不安そうな声が聞こえる。ジーナが突然黙ってしまったからだろう。相変わらず表情こそ動かないが、エレオノーラが心配しているのがわかり、ジーナは慌てて話題を変える。

『そ、そういえば私も甘いものが大好きなの！　エレオノーラは何が好き？』

この時代のお菓子で、今も現存しているものが何かあったかとジーナは頭を巡らせる。砂糖は今よりもずっと高価だったはずだ。蜂蜜ならばあっただろうか。

ジーナが返事をしたことにほっとしたのか、エレオノーラが少し幸せそうに答える。

「焼き菓子が大好き。それにさらにジャムを塗るの。……でも、あまり食べないようにしているわ」

『どうして？』

「実は私、体質的に太りやすくて……。だから我慢しているの」

朝は牛乳だけ。昼も夜も小さなパンと少量の主菜だけなのだという。どうやら彼女はジーナなら気が狂ってしまいそうな食生活を送っているようだ。道理で妖精のように細い体をしている。

『別に少しくらい太ったっていいじゃない。大体あなたは痩せすぎだわ』

「でも、太ってしまったらお父様に叱られてしまうわ。私には、見た目くらいしか取り柄がないから……」

『叱られるって……』

「私、子供の頃は今よりもずっとふっくらとしていて、みっともないって散々お父様に詰(なじ)られていたの。必死に食事の量を減らして、ようやく今の体型を手に入れたのよ」

なぜだ、とジーナの中に怒りが生まれた。エレオノーラの取り柄は見た目だけなどではない。その心までが美しいというのに。なぜそんなことを言われ、貶(おとし)められねばならないのか。

『食べましょうよ。エレオノーラ。我慢する必要なんてないわ！　だいたい多少ぽちゃったからってなんだというの？　そもそもそんなことで人を判断するような頭の悪い人間は相手にする価値なし！　むしろこちらから願い下げよ！　捨ててしまいましょう！』

ジーナのはっきりした物言いに、エレオノーラは驚いたように鏡の中で目をまん丸にしている。

それからまた少しだけ口角を上げた。

「……つまりジーナは、ぽっちゃりしてるのね？」

『うっ……！』

図星を突かれ、ジーナが呻くとエレオノーラはさらに口角を上げた。

それはもう、笑顔と呼んでのいい表情だった。

『エレオノーラ、やっぱりあなたの笑顔、とても可愛いわ！』

嬉しくなったジーナが思わず声を上げれば、エレオノーラがまた目を丸くした。

「今、私、笑っていた？」

『ええ、間違いなく笑っていたわよ』

「お父様からはよく愛想がないって叱られるの。でも笑い方がわからなくて。言われた通りに表情を作るのだけれど、上手くいかないの。よく気持ちが悪いって言われるわ」

『そんなことあるわけないでしょう！　じゃあ、笑って見せてちょうだい』

「わ、わかったわ……」

そして必死に作ったエレオノーラの笑顔は、引きつり、まるで何かを企んでいる魔女のような迫力ある笑顔であった。なまじ美しい分、その凶悪さが強調されてしまう。今にも人間のはらわたを引きずり出しそうな形相（ぎょうそう）である。

『……えっと、その……』

なんとも言えずジーナがしどろもどろになっていると、ジーナの思っていることが大体伝わってしまったのだろう。エレオノーラの心に悲しみが満ちた。

どうやら先ほどジーナに見せた自然な微笑みは、無意識のうちに作った表情であったようだ。

「ごめんなさい。変なものを見せて。こんな顔だから、お父様には笑うなって言いつけられていて……」

確かにあの笑顔は、社交場では致命的だ。だが、笑わずに無表情でいると、今度は美しいけれど人形のように冷たい女だと言われるようになってしまったのだと、エレオノーラは目を潤ませた。

「がっかりさせてごめんなさい。本当に私って駄目な人間よね……。生きている価値がないわ……」

またしても極論に走って嘆くエレオノーラに、なぜそこまで自虐的になってしまったのかとジーナは悲しく思う。たとえ表情がなくともエレオノーラが美しいことは変わらず、そして、本当は臆病なだけの心優しい少女だというのに。

(そもそも他人に対し、自分が望ましい表情を作ることを強要すること自体がおかしいのよね)

エレオノーラの笑顔が見てみたいと、自分自身期待してしまったことを思い出し、ジーナは少し反省した。こうした周囲の身勝手な期待もまた、エレオノーラを追い詰めるのだろう。

『……ねえ、エレオノーラ。さっきみたいに私に少し体を貸してくれる?』

「え?　どうやって」

『うーん。どうやったらいいのかしら』

ジーナが自分の体を動かすように感覚をなぞると、その通りにエレオノーラの体が動いた。

「あら。動いたわ」

どうやら入れ替われたらしい。エレオノーラの声が頭の中に響く。

『ジーナに委(ゆだ)ねられるようにって思いながら、体の力を抜いてみたの。私が体を意図的に動かさなければ、ジーナが動かせるみたい』

（なるほど。どうやらエレオノーラの意識がないときや、彼女が望んだ時は私でも体を好きに動かせるけれど、それ以外の時にはできないようね）

ジーナは一つ学ぶ。そしてエレオノーラの体を使い、鏡に向かってでき得る限り優雅に微笑んでみせた。

「うわあ！　目がくらみそう！」

鏡に映る微笑んだエレオノーラの神々しさに、思わずジーナは自ら感嘆の声を上げてしまった。美人とは素晴らしい。エレオノーラも初めて見た自分の満面の笑顔に、頭の中で驚いている。

『すごいわ！　ジーナ！　もうあなたが私の体を使ってちょうだい！　私は引きこもるわ！』

「ちょっと、何を言っているの！　そういうわけにはいかないわよ！」

だが、やっぱりジーナが作った偽りの笑顔ではなく、エレオノーラ自身の笑顔が見たいとジーナは思う。

「ねえ、エレオノーラ。今、この感覚は共有しているのでしょう？　覚えられるかしら？」

『え？』

「笑えるようになりたいのでしょう。きっとできるわ！」

でも、無理、私なんて、を繰り返すエレオノーラをジーナは辛抱強く説得する。

「大丈夫！　失敗しても見ているのは私だけ。ほら！　やってみましょう！」

『……ええ、やってみるわ』

ようやく覚悟が決まったらしいエレオノーラは頷く。

そして二人で交互に体を使い、笑顔の練習を始めた。

無表情と下手くそな笑顔と満面の笑顔を何度も繰り返すその姿は異様な光景であったが、本人たちはいたって真剣そのものであった。

だが、しばらくそれを繰り返すうちに、エレオノーラ自身でも、かなり自然に見える笑顔を作れるようになってきた。おそらくジーナの存在に慣れてきて、緊張が取れたことも大きいのだろう。

『良いわ！　その感じよ！　可愛いわエレオノーラ！』

「本当？　これなら大丈夫かしら？」

『ええ！　あなたのこの笑顔を見たらどんな男だって跪くわよ！』

ジーナの誉め殺しに、エレオノーラは喜び、そしてまた少し笑った。

そんな風にして二人で表情の訓練をしていると、扉がノックされ、恐る恐る声をかけられる。独り言を繰り返していたため、乱心したと思われているのかもしれない。

「――――あのぅ、エレオノーラお嬢様……？」

「……な、何かしら？」

慌てて取り繕い、エレオノーラが扉の外へと声をかける。

「あの、そろそろお約束のお時間ですが」

「ええ!?　もうそんな時間なの？」

途端にエレオノーラの全身に緊張が走る。先ほどまで解けかけていた顔がまたしても強張ってしまい、ジーナは少し残念に思う。

『何か用があるの?』

「ええ……。今日は婚約者のルスラン様とお会いする予定なの」

だから先ほど髪型を侍女に整えさせていたのだろう。その名前にジーナも凍りつく。

「どうしよう。粗相をしないようにしないと。嫌われないようにしないと」

好きな人に会えるというのに、それを嬉しいと思う前に、失敗を恐れ、怯えているエレオノーラの心が伝わってくる。どうしてそんなにも、彼女は自分を信じられないのか。

「やっぱり駄目。私なんかがルスラン様にお会いするなんておこがましいわ……!」

そして、またしてもそんな極論に至る。なぜだ。ジーナはため息を吐く。

「お願いジーナ! 代わりに行って! 私じゃダメだわ……」

『何を言っているの。ルスラン様に会いたいのは私じゃなくてあなたでしょう、エレオノーラ』

正直言ってジーナはそんな男に会いたくないし、エレオノーラにも会わせたくない。いつかエレオノーラを殺すかもしれない男になど。

だが、そんな本当かどうかもわからない未来の話を、今エレオノーラに伝えるわけにはいかなかった。

「だって私、あの方をがっかりさせたくないの……」

『駄目よ。自分で頑張りなさい! ほら私がついているわ。ね?』

悲観的に嘆くエレオノーラを力づけながら、ジーナは憤る。

彼女の自信を、こんなにも奪ってしまった原因は、一体なんなのだろう。

ルスランとの待ち合わせ場所に向かうため、エレオノーラは侍女とともに部屋を出て廊下を歩く。

エレオノーラは可哀想になる程に緊張し、それでなくとも無表情な顔が、さらに固まってしまっている。

ジーナはエレオノーラの緊張を少しでも解そうと、なだめるように「大丈夫」と言い聞かせ続けた。

きっと大丈夫だ。このエレオノーラの笑顔を見て、落胆する人間などこの世に存在しない。

すると、廊下の向こう側から、ふくよかな中年男性が歩いてきた。

「……お父様」

エレオノーラが小さな声で呟きその全身に緊張が走る。足を止め、慌てて侍女と共に廊下の端に寄って道を譲ると、腰をかがめ深く頭を下げた。

そのまま前を通り過ぎるかと思いきや、父はエレオノーラの前で足を止め、娘を冷たい目で見やる。

「ルスラン様にお会いしにいくのか？」

「……はい」

するとエレオノーラの父は、表情のない娘の顔を苦々しく見つめて、吐き捨てた。

「ふん。相変わらず可愛げがないことだな。せいぜいルスラン様には捨てられないようにしろ。……それからくれぐれもみっともなく体重は増やすなよ。お前にはその見た目くらいしか取り柄がないのだからな」

「……申し訳、ございません」

表情こそ動かないものの、エレオノーラは萎縮し、小動物のように小さく体を震えさせた。

（はい！　自虐原因一名発見……！）

表情が乏しいからといって、彼女が何も感じていないとでも思うのか。ジーナの怒りが沸点を超えた。

こんな輩に、こんなに可愛いエレオノーラが貶められるなど許しがたい。

『エレオノーラ。ちょっと身体貸して』

「え？　どうして？」

『いいから貸して！』

そしてジーナは半ば強引にエレオノーラから体を借りると、不快げに通り過ぎようとした父親の前に細い足をすっと差し出す。

「え？　ぐえ……！」

父親はジーナの出した足に見事に躓(つまづ)き、宙に浮いた。そのまま落下してふくよかな腹を廊下の硬い大理石の床に打ち付け、潰れた蛙のような声を漏らす。そんな無様な姿を、ジーナは鼻で笑ってやる。

「えっ、エレオノーラ！　お前！　一体なんのつもりだ‼」

廊下に蹲(うずくま)って怒鳴る父親の前で、ジーナは艶やかに微笑んでみせた。

娘の笑顔を初めて見たのであろう父が、呆気にとられた顔をする。ともにいた侍女も、慌てて主人を助け起こしながらも、信じられないというように、エレオノーラを呆然と見つめていた。

「あらあらお父様。これくらいの罠(トラップ)も避けられないなんて。そのふくよか過ぎるお腹で足元がお見えになっていらっしゃらないのではなくて？」

これまで逆らったことなどない娘の突然の変貌に、思考が追いつかない父は驚き口をパクパクさせた。

「娘の体型や食事量に口を出して、あれやこれやとご心配なさる前に、まずはご自身のそのたるみきったお体をなんとかなさったらいかが？」

そして睨みつければ、その美貌故にもの凄い迫力である。思わず父は体を縮み上がらせる。

「そんなに太っていては、いい加減健康を害しましてよ。……それではルスラン様をお待たせするわけにはいきませんので、これにて失礼いたしますね。ごきげんよう」

ジーナは武闘派ぽっちゃり娘である。やられたことは倍以上にしてやり返す主義だ。

呆然と廊下に座り込んだままの父親を放置して、ジーナはさっさと踵を返し足音高く歩き出した。

そして馬車に乗り込み、座席に座って人心地ついたところで、我に返った。

（――――嗚呼、やっちゃった！）

エレオノーラの意思を無視して、彼女の父をやり込めてしまった。

『ごめんなさい！　エレオノーラ！　明らかにやりすぎたわ！』

すると、体を返されたエレオノーラは、未だに目の前で起こった現実を理解できないのか、唖然としながら何度か瞬きをした後、魔女のように下手くそに笑いながらぽろりぽろりと涙をこぼした。

「……ありがとう、ジーナ。スッキリしちゃったわ」

その言葉に嘘がないことは、体を共有しているジーナにはわかっていた。だが、自分の勝手な行動で彼女に迷惑をかけてしまったことは間違いない。

『でも、本当にごめんなさい。後で怒られてしまうかも』

「いいのよ、慣れているもの。それに何も言わなかったとしても、どちらにせよ怒られるから大丈夫よ」

自分の溜飲を下げるためだけに行動した自覚のあるジーナは反省したが、エレオノーラはそんなジーナを責めたりはしなかった。

「それに本当はね、私もお父様に体型のことで叱られるたびに、お父様のお腹のことが気になっていたの」

そう言って泣き笑うエレオノーラを、ジーナは窘める。

『時と場合にもよるけれど、言いたいことは言った方がいいわ。理不尽なことを我慢して飲み込むってことは、その分だけ相手の代わりに自分を削って犠牲にするってことなのよ』

だからあの父親はエレオノーラに言いたい放題なのだ。言い返されないと、自身は傷つけられないとわかっているからこその行動。思い出せば、またムカムカしたものが腹の底からこみ上げてくる。現状ジーナに腹はないが。

「ごめんなさい、ジーナ。つい自分が我慢すればいいって思ってしまうくせがあって」

『ほら。そうやって、すぐに謝るのも駄目よ。本当に悪いことをした時は言うべきだけれど、それ以外はあまり使わない方がいいわ。なんでも受け入れる相手だと勘違いされるもの』

「じゃあ、なんて言ったらいいかしら」

『……そうね、ごめんなさいとは違う言葉を探せばいいわ』

するとエレオノーラは少し考え込んだ後、口を開いた。

「……ありがとう、ジーナ」

そんなことを言ってくれる人は、自分のために怒ってくれる人は、いなかったと。

そう言って、またエレオノーラは泣いた。それを受けて、ジーナも泣いた。基本的に涙もろい二人なのである。

そしてエレオノーラは小さな声で呟いた。

「……私も、ジーナみたいに強くなりたいわ」

# 第三章　いつか彼女を殺す男

エレオノーラとルスラン公子との逢瀬場所は、大公家が所有するという離宮だった。

馬車を降り、その離宮を見たジーナは驚く。そこは彼女にとって、実に慣れ親しんだ場所だった。

（ここって、王立フェリシア学園じゃないの……！）

王立学園は、何代か前の王が、王家が所有している離宮の一つを改装して設立したのだという話は聞いたことがあった。

（つまりこの時代には、まだ学園はなかったのね）

建物や調度品、庭園の植物など、違う箇所も多いが、やはり半年以上を過ごした学園の面影はそこかしこに残っている。

昨日アルトゥールとここで過ごしたばかりのはずだが、なぜかひどい懐かしさを感じ、ジーナはエレオノーラの目を通してその風景を眺めていた。

（……私、元の時代に戻れるのかしら）

このまま、自らの体を失ったままで、ずっとエレオノーラの中で存在し続けていくのだろうか。

そう考えたジーナは、唐突に猛烈な恐怖に襲われた。

今でこそエレオノーラの厚意でその体を借りることができるが、このままではジーナは何もすることができないのだ。

それどころか、この世界でジーナの存在を認識しているのは、エレオノーラだけだ。つまりエレオノーラがいなければ、自分の存在証明すらままならない。

自分の存在のあやふやさと軽さに、ジーナは慄く。現状、自分がどんな状態なのかもわからないのだ。

（もしかしたら、元の時代の私は死んでいる、とか……？）

最悪の想像をし、ジーナはぶるりと震え上がった。

だからこそ、こうして魂だけの存在となってしまったのか。考えれば考えるほど不安で潰れそうになる。

いくら我が身を哀れんだとて、この状況では誰かが助けてくれるわけではないのだ。とりあえず今、できることをするしかない。

（駄目よ。今は、考えてはだめ……）

ジーナはなんとか悲観的な思考を放棄して、周囲に意識を向けた。

美しい泉のある中庭など、離宮の一部は社交の場として貴族たちに解放されているそうで、そこここで古風なドレスを着た令嬢たちが談話している。エレオノーラも慣れた様子で離宮内を進んでいく。

やがて中庭に辿り着くと、泉の側に一人の青年が佇んでいた。エレオノーラの体に緊張が走る。

背中でゆるく波打つ透き通る銀の髪。思慮深そうな、少しだけ垂れ気味の濃い紫の目。どこか中性的で、幼い雰囲気の、白皙の美貌。エレオノーラの少々きつめの美貌とは正反対の、優しげな美青年。

(わぁ、これは格好いいわ……)

不本意ながらアルトゥールという美形に見慣れているジーナですら、感嘆し、見とれてしまう。

これぞ貴公子、というこの青年とエレオノーラが並んだら、途方もなく美しい絵面であろう。エレオノーラの中からではそれが見えないことが悔しい。

そして、皆ジーナと同じことを考えているのだろう。二人に周囲の視線が集中している。

(……この方が、ルスラン公子)

舞台で見た彼の役の俳優よりもはるかに美形であるが、ジーナが抱いていた想像とは全然違う。歌劇では、大軍を率いてリヴァノフ帝国に攻め入った、厳しい雰囲気の軍人として描かれていたのだ。

ジーナの思いをよそに、エレオノーラは小さく深呼吸をし、ルスランに声をかける助走をつけている。そしてエレオノーラがなけなしの勇気を奮い立たせ、口を開いたところで。

「やあ。エレオノーラ」

先にルスラン公子がこちらに気付き、柔和に微笑んで、手を振ってきた。

その瞬間。緊張のあまり、それでなくとも瀕死のエレオノーラの顔の表情筋が、完全に死んだ。

『何やってるの！　エレオノーラ！　ここでさっきの笑顔の特訓の成果を！』

「…………無理ィ……！」

小さな声でエレオノーラが呻き白旗を揚げる。もちろん相変わらず表情は動かない。

せっかくにこやかに手を振ったというのに無表情で返され、狭量な男なら馬鹿にされたと怒りそうなものだが、ルスラン公子はそんなエレオノーラの態度に慣れているらしい。無表情なままの彼女に近づくと、嬉しそうにその紫の目を細めた。

この表情を見るに、どうやら彼はエレオノーラの性質をよく理解した上で、彼女に好意を持っているらしい。

ジーナは心底安堵する。ひとまずこれならば大丈夫そうだ。

もし彼がエレオノーラに何かひどいことをしようものなら、彼女に成り変わって成敗してやろうと思っていたところであった。

「こんにちは、エレオノーラ。君に会えて嬉しい」

「ごごご機嫌麗しく。ルスラン様。……わ、私もお会いできて、っ嬉しいです」

エレオノーラはしどろもどろながらも必死に言葉を紡いだ。もちろん無表情で。

「無理！　無理だわ！　ジーナ！　お願い代わって……！」

そしてルスランの目を盗んで小声で懇願してくる。だがもちろんジーナは代わる気などない。

『頑張って！　エレオノーラ！　案外大丈夫よ！』

「でも……！」

頭の中で押し問答をしている間、周囲から、チクチクとエレオノーラを非難するような視線を感じる。

おそらくルスラン公子は、皆に慕われているのだろう。そんな彼といながら、エレオノーラのその無礼な無愛想さを許しがたいと思っているのか。

（馬鹿馬鹿しいことね）

ジーナは鼻で笑う。アルトゥールと恋人同士になったことで、ジーナもよくこういった視線に晒されたものだ。今ではすっかり慣れてしまって、気にもならない。勝手にルスランの代弁者を気取り、エレオノーラを断罪するようなくだらない人間のために割く心などないのだ。

だがエレオノーラはそうではないのだろう。自分といることでルスランに恥をかかせてしまうのではないか、彼への評価が下がってしまうのではないか、などと怯えているようだ。

もちろんジーナとしても、ここで入れ代わってうまく立ち回り、エレオノーラを蔑む周囲の連中に一泡吹かせてやりたい気持ちもある。だが、それが後々のエレオノーラのためにはならないこともわかっていた。

これは彼女自身で立ち向かい、乗り越えなければいけない壁だ。

いつまでジーナが彼女の中に居られるのかわからない以上、無責任に力を貸すわけにはいかない。ジーナに依存してしまった後で、苦しむのはエレオノーラ自身なのだから。

ルスランがエレオノーラに手を差し伸べる。彼女はおずおずとその手に自らの手を重ねた。わずかに震えるその手をなだめるように、ルスランは笑ってそっと握りしめる。そして二人寄り添って中庭を散策する。

その様子が実に初々しく、ジーナはほっこりした気持ちになった。

隙あらばベタベタと性的な意味で触ってくる自分の恋人、アルトゥールとは大違いである。自分もこういう甘酸っぱい時間が欲しかった。

ルスランは大公家において外交を担っていることもあり、物腰が柔らかい上に会話もうまく、話していてとても楽しい。エレオノーラが会話についていけなくても、どもってしまっても、苛立つそぶりも見せない。無表情のまま相槌を打つだけで精一杯だったエレオノーラも、やがて緊張が解け、ほんの少し柔らかな表情を浮かべるようになってきた。

（すごいわ……。本当に、これぞ王子様って感じね）

外見も中身も完璧である。自分の時代の阿呆王太子を思い出し、少々切ない気持ちになりながらも、ジーナは初々しい二人をエレオノーラの体の中から楽しみつつ見守る。

咲き乱れる薔薇を眺めながら中庭を一周すると、二人は泉のある場所へと戻り、そして近くの東屋に置かれた長椅子に腰をかけた。

昨日ジーナがアルトゥールとともに座った場所だ。もちろん東屋は建て直されているし、長椅子も全くの別物であるが、その場所と風景はそう変わらない。それなのに、もう随分と遠い昔のようにすら感じてしまうのは、なぜだろう。

「そういえば、エレオノーラ。前回ここで会った時に、泉に投げた硬貨の願い事は叶ったのかい？」

（あら？　この時代から、その言い伝えはあるのね……）

その歴史の長さに感心しながらも、ジーナはエレオノーラがどんな願いことをしたのかと、興味津々に耳を傾ける。

「……はい。叶いましたわ」

エレオノーラはそう答え、わずかに唇を微笑みの形にした。

その効果は抜群であったらしい。ルスランは目を見開き硬直している。

気持ちはわかるわ、とジーナは思った。なんせエレオノーラは無表情でも絶世の美女なのだ。そんな彼女が優しく微笑んでくれたら、きっとどんな男でも、恋に落ちてしまうに違いない。

「かの言い伝えは本当でしたのね」

そう言って笑うエレオノーラに、ルスランは動揺しつつも、この泉の由来を話し始めた。それはこの国に伝わる太古の神話だ。

「かつて、この地は不毛の大地だったそうだよ。その乾いた大地に、一人の少年が植物の種を蒔いたんだ」


――――水もなく、乾燥した大地。人が住むには適さぬ不毛の地。

その荒地に、一人の少年が放り出された。彼は、古き王国の末の王子であった。

王である父や、王位継承者である兄たちにその優秀さを疎まれた彼は、この地に放逐されたのだ。

彼は与えられたこの地に、様々な植物の種を蒔いた。もちろん芽は出ない。

けれども彼は諦めず、いろいろな方法を試しながら、この地に種を蒔き続けた。

そんなひたむきな少年を、生まれたばかりの幼い女神が見つけ、興味を持った。

少しずつ少年は飢え、痩せていく。だが、それでも彼は、種を蒔くのをやめない。

「お前。そんなことをして、何の役に立つと言うのじゃ。この地は神にすら見捨てられた土地ぞ」

見かねた女神は少年に問うた。少年は答えた。

「でも、何か方法があるかもしれないでしょう。この地に緑が根付く方法が」

「そんなものはない。お前が望むなら、我が父神が加護する土地を与えてやろう」

「――いいえ。僕にはここにおります。父から与えられたこの場所を、捨てることなどできない」

「……そうか。ならば好きにするがよいわ」

頑(かたく)なな少年に呆れながらも、女神はその少年を見続けた。

やがて少年は弱り、冥界の神の手に捕らわれんとしていた。だがそれでもこの地を離れようとはしない。

結局、根負けしたのは、幼い女神だった。

彼女は知らぬ間にこのひたむきな少年の命を惜しんでいたのだ。

「――我の負けじゃ。よかろう。お前の望みを叶えよう」

女神はその地に降り立った。するとその足元から水が湧き出した。

それだけではない。この地の様々な場所から水が湧き出した。

――神に見捨てられた地は、女神の住処となり、祝福を受けた地となった。

やがて人々がこの地に集まって一つの国が出来、少年は王となった。

女神は彼の妻となり、彼が息絶えるまで、そのそばに寄り添ったという。

そして、カリストラトヴァ公国は、その女神フェリシアによって今も守られているのだ。

「……つまり大公家は神の血を継ぐ家、ということらしい。だからごくたまに女神から与えられた不思議な力を持った子が生まれるんだ。そして、その女神が初代国王の前に降臨した場所がこの泉だと言われている。だから硬貨を投げれば願いことが叶うなんて言い伝えができたのかもしれないね。もちろん本当のことかどうかはわからないけれど」

初代国王の願いを叶えた、女神の降り立った場所。

カリストラトヴァの歴史は古い。この大陸の中で最も古い国だ。太古の女神の加護なのか、記録に残っているだけでも千年以上の長きにわたり存在し続けている。

「……けれど……」

ルスランの表情がわずかに陰る。彼の言いたいことは、エレオノーラにもわかっていた。

この国は今、存亡の危機にある。

今からおよそ二百年前、この大陸に新たな国が興った。リヴァノフと名乗ったその国は、強大な軍事力でもって、それまであった国々を瞬く間に侵略し、滅ぼし、飲み込んでいった。

カリストラトヴァは歴史こそ古いが、それほど大きな国ではない。民や土地を守るため、百年程前、時の王は強大なリヴァノフ帝国の前に恭順の意を示し、リヴァノフ帝国の従属国となることを選んだ。

カリストラトヴァ国王は、王の位を剥奪される代わりに公爵の身分を叙爵され、王国は公国となった。それにより従属国として宗主国からの搾取は受けるものの、国としての自治権は守り抜いたのだ。

だが、今になってリヴァノフ帝国は、カリストラトヴァの自治権を疎ましく思うようになったようだ。女神の伝承が残るカリストラトヴァの地は、リヴァノフ帝国のどこよりも豊かだ。よって、直轄地としたいのだろう。様々な無理難題を、カリストラトヴァ公国へ突きつけるようになった。

「……ルスラン様……」

「……大丈夫。きっと女神様がこの国を守ってくださるさ」

話を聞いたエレオノーラが気遣わしげにルスランを見れば、彼はにっこりと笑い、そう力強く答えた。

カリストラトヴァには女神がいる。故にこの国が存亡の危機に陥る時、女神の血を引く王族から加護(ギフト)を授かった人間が現れ、国を救うと言い伝えられている。だからこそ、長い歴史の中で幾度も国難に陥りながらも、その度に危機を乗り越え今まで存続してきたのだと。

三百年後もこの国が存在していることを知っているジーナは、あまり危機感なく彼らの夢物語のような話を聞いていた。

(今ではあまり聞かない話ね……。そんなおとぎ話、誰も信じないからかしら。きっとこの時代は、私が生きる時代よりも皆がずっと信心深かったのね)

現にルスランとエレオノーラたちは、伝承を心から信じているようだった。そしてジーナは自分の時代の阿呆王太子を思い出し、きっと現王家では女神の血も相当薄くなっているのだろうなぁと遠い目で思った。

「もちろんこの国を守るため、私もでき得る限りのことをしよう」

そう言って笑う貴公子ルスランに、エレオノーラの心がキュンキュンしていて痛い。だが可愛い。

(けれども、どうやってこの国は、この危機を乗り越えたのかしらね)

残念ながらちっとも記憶にない。やはり歴史の授業をもう少し真面目に受けるべきであったと、ジーナは少々反省する。もし元の時代に戻れたら、今度から授業はもっとちゃんと聞こう。

「そうだ。エレオノーラ。今日も君にお土産を持ってきたんだ」

暗くなってしまった雰囲気を払拭しようとしたのか、ルスランは懐から小さな包みを取り出す。

（お菓子……？）

可愛らしい布に包まれたそれは、小さな焼き菓子（クッキー）だった。

「いつもありがとうございます……」

どうやらルスランはエレオノーラに会うたびに、小さな菓子を彼女にお土産として持参しているようだ。

喜びと、甘いものを目の前にした背徳感が、エレオノーラの中でせめぎ合っている。

「ねえ、よかったら、食べてよ」

持ち帰らせるのかと思いきや、その場で食べることを要求され、エレオノーラはその中の一つを、整えられた美しい指先でつまんだ。

彼女の口の中が乾燥した時のためにと、ルスランはいそいそと水筒まで取り出す。随分と用意の良い公子様である。本当に貴公子の鑑（かがみ）だ。

そして期待に満ちた彼の目に請われるまま、エレオノーラはその焼き菓子を口に含んだ。さくりと咀嚼すれば、濃厚なバターの香りと、蜂蜜の甘みが口の中に広がり、思わず頬が緩む。そんなエレオノーラの顔を、ルスランが幸せそうに見つめていた。

（……この人、エレオノーラのこの甘い顔が見たくて、毎回わざわざお菓子を持ってきているのではないか

しら？）

ルスランの表情を見るに、それは間違いではないようだ。そういえば遠い未来にいる自分の恋人も、似たようなことをしていたなと、ジーナは微笑ましく見つめる。

それからルスランは周囲を確認するように見渡した後、エレオノーラの耳元に甘くそっと囁いた。

「ねえ、エレオノーラ。君に、口付けをしてもいいだろうか」

それを聞いた瞬間、緊張のあまりエレオノーラの表情筋がまた死んだ。耳だけが妙に熱を持つのを感じる。

そして無表情のまま少々カクカクとした怪しい動きで、エレオノーラは頷く。

するとルスランはまた幸せそうに笑って、そっと優しく彼女の唇に自らの唇を重ねた。

柔らかい、温かな感触。エレオノーラの心臓がどくどくと恐ろしい速度で脈打っている。

（あまぁぁぁーい……！　本当に、どこかの誰かさんとは大違いだわ……！）

彼らの表面が触れるだけの優しい口付けを、ジーナは微笑ましく見守る。

ジーナの恋人であるアルトゥールなど、初めての口付けで舌まで入れてきたというのに。

手の早い彼をあしらっているせいで、何やらすっかり擦れてしまった自分が少々悲しくなってきたジーナが思わず遠い目をしていると、エレオノーラの心の叫びが聞こえてきた。

『やだ！　こんなところをジーナに見られたら、恥ずかしいわ！』

嗚呼、初(ウブ)である。そんな時代は、自分にはなかった。なんせ初回から濃厚に舌入りである。

ジーナが現在存在しないはずの目頭を熱くしつつ、そんなことを切なく思った瞬間。

突然エレオノーラの体から引き離され、何かに飲み込まれるような感覚に襲われた。

（…………え？）

突然のことに、間抜けな声を上げる。どうやら口付けをジーナに見られたくないと思ったエレオノーラに、体の中から弾き出されてしまったらしい。

エレオノーラの体から完全に離れると、視覚を失ったからであろう、ジーナの視界が暗闇に包まれる。

（……あれ？　私、死ぬの？）

肉体を離れてしまった魂は、一体どこへいくのか。そもそも存在を保てるのか。

何も見えない中で、ジーナは思わず、ないはずの腕を必死に伸ばす。――嫌だ。死にたくない。

誰か、誰か。お願い、助けて。

（アルトゥール様……！）

思わず心の中で叫んだのは、今日の朝、出し抜いて自宅の前に置き去りにした恋人のことだった。


「……んっ？」

窓からの光が日に差し込む。その眩しさに目を細め、やがて映ったのは、深い青色を基調とした、見知らぬ寝台の天蓋だった。

「ここ……。どこ……？」

頭がまだ混乱している。だが、吐き出した言葉が間違いなく馴染み深い自分の声であることに気付き、ジーナは弾かれるように身を起こした。

下を向けば、そこにあるのは見慣れたややふっくらとした手。そう、間違いなく自分の体。

（私……。戻ってきたの……⁉）

思わず自らの腰に手を回す。うん、太い。間違いない。

視界が一気にぼやけた。涙が次から次に溢れ、止まらない。

――――良かった。本当に良かった。生きている。

やっぱりあれは、夢だったのだ。

ジーナの心が、一抹の寂しさと共に、安堵に包まれた。

これまた聞き慣れた声がして、ジーナはその声の方へと顔を向ける。

「……目が覚めたのか？」

「アルトゥール……様？」

すると、そこには恋人のアルトゥールがいて、心配そうに彼女を見つめていた。

弾かれたように、体が動いた。彼に抱きつき、その首元に顔を埋める。

ジーナから彼に抱きついたことなど、これまで一度もなかったからだろう。驚いたらしいアルトゥールの体が、大きく震えた。

それから彼の腕が、なだめるようにジーナの背中に回される。

その既視感に、ジーナは悟る。やはり王立劇場で倒れたジーナを助けた腕は、アルトゥールのものだったようだ。

だが彼はなぜあの場にいたのか。三年生が受けるべき授業はどうしたのかなど、疑問や指摘は多々あるものの、助けてもらった分際なので、ジーナは言葉を飲み込んだ。どうせジーナを追いかけてきたのだろう。いつものことである。

「大丈夫か？」

労わるように聞かれ、彼にしがみついたままコクリと頷く。

「……ええ。もうなんともありません」

劇場で感じた頭痛や寒気はすでに綺麗に消えていた。あれは一体なんだったのかとジーナは首を傾げる。

「私、どれくらい寝ていたのでしょうか？」

「一時間くらいか。死んだように眠っているから、心配した」

「一時間？　たったの？」

アルトゥールの言葉に驚く。随分と長い夢を見ていた気がするというのに、現実ではわずかな時間だったようだ。

歌劇のように悪堕ちする前の、悪女エレオノーラの体に入るという突拍子もない夢だった。それなのに香りや手触りなど、妙に現実的だった。

内容も、目覚めればすぐ消えてしまう他の夢とは違い、はっきりと覚えている。

(まるで本当の出来事みたい……)

そう考えて、馬鹿なことをと自嘲し、頭を振る。

「それで、ここは……？」

「レオノフ家の王都別邸だ。教師に許可を得て連れ出した。学園や君の家よりうちの方が近かったんでな」

なるほど。道理で見知らぬ天蓋だったわけである。ということは、ここは。

「ちなみにここは俺の寝室だ」

「なにやってんのよーっ‼」

まさかの事態にぶち切れたジーナは思わず大声で叫んだ。

未婚の女が未婚の男性の寝室に入る。それはすなわちジーナの純潔が完全に失われたとみなされてしまう事態である。この家の使用人達には、意識のないジーナがアルトゥールの部屋に連れ込まれる様をばっちり見られたはずだ。そしてその情報は間違いなく、アルトゥールの両親であるレオノフ侯爵夫妻の耳にも入ることだろう。

身の危険を感じ、すかさずアルトゥールの腕の中から逃れると、距離を取りつつ怒鳴る。アルトゥールが寂しそうに手をそわそわ動かしているが、知ったことではない。

「アルトゥール様の屋敷なら、他にいくらでも客室があるでしょう⁉　なぜわざわざあなたの部屋に運んだのよ！」

怒りのあまり、上級生に対して使うべき敬語もどこかへいってしまった。

「いや、そこまで考えが及ばなかった。すまない」

「嘘つかないでちょうだい！　絶対にわざとでしょう!?」

「いや、本当に心配していて、そこまで気が回らなかったんだ。すまない」

「すまないじゃすまないわよ！」

しかも同じ部屋に入り、一時間以上出てこないなどと。もうやることをやってしまった感が満載ではないか。

ジーナが悶絶していると、アルトゥールが無駄に美しい顔をずいっと寄せてくる。

「安心しろ。責任は取る。というわけで結婚しよう。今すぐしよう」

本当に心配したのだと引き寄せられ、また強く抱きしめられた。

間違いなく図られたとジーナは未だ怒り心頭のままであったが、全身で彼の体温を感じると、安堵感で満たされ力が抜けてしまう。思っていた以上に、夢の中で緊張を強いられていたのだろう。

しかしそれを同意と取ったのか、アルトゥールはジーナを寝台に押し倒し、唇を寄せてきた。

「んっ……！」

触れるだけの口付けと思いきや、早速ジーナの唇が割り開かれ口腔内に舌が入り込んでくる。ぶれない男である。

そっと彼の舌がなだめるように、ジーナの舌を撫でる。彼の舌の感覚に気にとられているうちに、制服のブラウスのボタンが流れるように外され、その中に大きい手のひらが忍び込む。そして、ジーナの柔らかな肌を、確かめるように辿っていく。

「やっ……！　あっ……」

肌に感じる生々しい感覚に慌てたジーナはもがくが、アルトゥールに両腕を片手で頭の上にまとめられ、体重をかけられてしまえば、どうすることもできない。

日常使い用の柔らかな布製コルセットの紐が解かれ、その緩んだ隙間からアルトゥールの手が滑り込む。そして、ジーナの柔らかな乳房を優しく捏(こ)ねた。しばらくその触り心地を楽しむようにふにふにと弄んだあと、その中央部にある薄紅色に色付いた円を指の腹でなぞった。

ぞわりと甘い感覚が走り、ジーナは思わず背中を反(そ)らす。するとまるでアルトゥールに胸を押し付けるような形になってしまった。もっと触って欲しいのだと強請(ねだ)るように。

アルトゥールの重なったままの唇が、笑った形になるのをジーナは羞恥とともに知る。

くるくると繰り返しなぞられるたびに、さらにその中心にある頂きが、ツンとした甘い痛みとともにぷっくりと立ち上がるのがわかった。

そして、なぜか下腹部にまで熱が集まる。きゅうっと締め付けられるような感覚がして、何かを求めるように甘く疼く。

やがてアルトゥールの指先が、その色濃く固く立ち上がった蕾(つぼみ)を軽く弾いた。

「――――っ！」

突然叩き込まれた明確な快感に、ジーナは悲鳴を上げるが、それはまたアルトゥールの口の中に吸い込まれる。

彼は、その敏感な頂きを、優しくさすったり、突然強めにつまみ上げたり押しつぶしたりして、ジーナの反応を楽しむ。その度にジーナは腰を跳ねさせ、彼の口腔内で甘い声を上げてしまう。

散々胸をいたぶった上で乳房から離れた手は、今度はジーナのスカートの裾の中へと入り込む。

感触を楽しむように、ふにふにと揉み上げながら、ふっくらとしたふくらはぎから太もも、そして足の付け根に向かって少しずつ移動していく。

「んっ……！　んん……！」

唇を唇で塞がれたままで、拒否の言葉を吐き出すこともできず、ジーナは必死で身を捩った。

(流石にこれ以上は――！)

うっかり孕まされ、学園を退学させられる自分の姿を想像して、ジーナは慌てる。

潤む視界で彼を睨みつければ、そこには熱に浮かされた、けれども目の前の獲物を淡々と狙う冷静な目があった。彼は、なんとしてもここで、ジーナを自らのものとしようとしているのだ。

――ジーナの意思など、関係なく。

そしてとうとう彼の指先が、ジーナの下着の上からそっと秘された割れ目を撫でた。

「――――っ！」

甘い疼きにじんと腰が痺れる。何度も繰り返し撫でられ、じわりと何かが胎内から滲み出す感覚がする。

指の腹にそのわずかな湿りを感じたのだろう。アルトゥールが愉しそうに笑った。

それを見た瞬間、ジーナの心が悲しみに満ちる。

なぜ。どうして彼はそれほどまでに、性急に関係を進めようとするのか。

(――大切にして、欲しいのに)

夢の中で見た、エレオノーラとルスランを思い出す。

互いを思い合い、少しずつ少しずつ手探りで進めていく、初々しい恋。

(……いいな。羨ましいな)

ルスラン公子はエレオノーラのことをとても大切にしていた。臆病な彼女に、強引に迫ったりなどしなかった。あくまで紳士的に、彼女の心が自分に追いつくのを待っていた。

そんな二人の姿を知ってしまったからこそ、こんな風に、一方的に無理矢理奪われることが、寂しい。

(私だって、大切にしてほしいのに)

まるで、自分の意思を、存在を、軽んじられているようだ。

思わず感極まったジーナの眦から、ぼろぼろと涙がこぼれる。

それを見たアルトゥールの熱に浮かされた目が、一瞬冷えた。そして拘束された手が、わずかに緩む。

その隙を、ジーナは見逃さなかった。

「ふざけるんじゃないわよ……!」

そのまま勢いよく身を起こし、アルトゥールに思い切り頭突きする。低く鈍い音が響いた。ジーナは動けるぽっちゃり女子なのである。

「ぐっ……！」

流石のアルトゥールも痛みに呻き、身を起こした。もちろんジーナも痛い。だが、怒りによる興奮状態で痛覚が麻痺しているようだ。そのまま素早くアルトゥールの体の下から這い出して逃げた。

「ふざけてなどいない！　俺は、君が欲しいんだ！」

「私は物じゃないわ‼」

アルトゥールの叫びに、ジーナは怒鳴り返した。

「私の全ては私のものよ！　勝手なことを言わないで！　アルトゥール様なんて大嫌い！」

感情のままアルトゥールの頬を引っ叩く。アルトゥールは打たれた頬を押さえ、唖然としている。

そして、ジーナは寝台から立ち上がり、手早く乱れた制服を直すとそのまま走ってアルトゥールの部屋から逃げ出した。

「待ってくれ！　ジーナ！」

すると、我に返ったアルトゥールが追いかけてきて、そのまましばらくレオノフ邸で追いかけっこをする羽目になってしまった。そんな二人を、一体何事かと使用人たちが見ている。

ジーナは健闘したが、やはり体力差と地の利もあって、壁に追い詰められた挙句に捕まってしまった。

「……もう、何もしない。だからせめて、君の家まで送らせてくれ」

壁と腕の間に捕らえられ、息を切らしつつアルトゥールを睨みつけていると、随分と気落ちした様子で、彼は潔く、深く深く頭を下げた。


その後、言葉通りアルトゥールは紳士的に家まで馬車で送ってくれた。

ジーナはその道中、彼に対し距離と威嚇を忘れなかったが、あまりにも彼が悄然としているので、なぜか自分の方が悪いことをしているような気分になってしまった。いたたまれなくなり、結局まともに別れの言葉も言わずに、馬車を降りて家に飛び込んだ。

そして何があったのかと心配する優しい使用人たちを尻目に、走って自らの部屋に戻る。

疲れ切ったジーナは、制服のまま寝台に転がり、ぼうっと頭を巡らせた。

アルトゥールに腹を立てながらも、思い出すのは王立劇場で倒れた後に見た、あの夢のことだ。

――不思議な夢だった。歴史に名高い悪女、エレオノーラの夢。

あの夢はなんだったのだろう。

夢の中の彼女は、その美しすぎる見た目はともかくとして、優しくて臆病で恥ずかしがり屋で少々……かなり自虐的な普通の女の子だった。

もう、二度と会うことはないのだろう。そのことを少し寂しく感じる。

夢の中とはいえ、ジーナは彼女に対し随分と入れ込み、そして友情を感じていたのだ。

（それにしても、明日学校に行くのが憂鬱だわ……）

ジーナはうんざりと寝台の天蓋を見上げた。きっと校外授業での一幕は皆の知るところであろう。

上演中突然ジーナが倒れ、それをなぜか授業をサボって追いかけてきた生徒会副会長で三年生のアルトゥールが抱き上げてその場から連れ去り、なぜか自分の屋敷に連れ込み、そしてその屋敷で盛大に追いかけっこである。

（……明らかに情報量が多すぎるわ……）

流石にこれは何か言い訳の一つでも考えておいた方がいいだろう、とジーナは深いため息を吐いた。

少なくともヴェロニカあたりには、根掘り葉掘り色々と聞かれるに違いない。

さて、これに懲りて、アルトゥールも少しは大人しくしてくれるといいのだが。

（……なんて、思ったこともありました……）

次の日の朝、アルトゥールは何事もなかったかのように、いつも通り学校でジーナを待ち伏せしていた。

「おはよう。ジーナ。今日も最高に可愛いな」

そしてにこやかに挨拶すると、当然のように彼女の手を取り、その腰を抱いた。

図太いにもほどがある。この男に人間としての真っ当な感性を期待した自分が馬鹿であった。

ジーナは思わず空を仰ぐ。青く高い空がやたらと目に沁みた。

# 第四章　学生の本分は勉強です

それからジーナは、全てが今まで通りとは言い難いが、とりあえずは概ね平穏に過ごしている。

変わったことといえば、とうとうアルトゥールが正式にジーナの婚約者になったことであろうか。

あの後すぐにアルトゥールの実家であるレオノフ侯爵家より、シロトキナ男爵家に婚約の申し出があったのだ。

その婚約申し込みの概略としては『うちの馬鹿息子がおたくのお嬢さんを傷物にしてしまったようで、誠に申し訳ございません。つきましてはうちの馬鹿息子に責任を取らせてください』といった、詫び状に近いようなものであった。

（一応まだ傷物にはなっていないんですけど……）

正直なところもう、時間の問題のような気がしないでもないが、辛うじてなんとかジーナはまだ純潔を保っている。

侯爵邸におけるアルトゥールとの追いかけっこを、使用人たちにばっちり見られてしまったことが完全に失態であった。明確な状況証拠を残してしまった。

そして予想通りその一幕が、レオノフ侯爵夫妻の耳にも入ったようだ。

元々アルトゥールは両親にジーナを妻に迎えたいと何度も伝えており、当初は身分の違いを理由に難色を示していたレオノフ侯爵夫妻であったが、今回の息子の愚行で諦めがついたらしい。息子がこれ以上暴走する前に、認めてしまうことにしたようだ。

侯爵夫妻はアルトゥールが一方的にジーナに熱を上げていることは理解しているようで、ジーナがふしだらな娘であるといった誤解が生じていないことは、ありがたかった。

一方、突然の婚約の申し出にジーナの家族は驚いた。まさか娘が侯爵家の後継ぎなどという超大物を落としてくるとは思わなかったらしい。

(それはそうよね……)

ジーナ自身だって、こんなことになるとは思わなかった。平和な学生生活が懐かしい。

かくして娘が傷物にされた、と誤解した家族は怒り狂った。そのこともまた意外だった。

商売のため上流階級との繋ぎを望む父は、むしろジーナのこの大物一本釣りの釣果を喜ぶと思っていたのだ。

「すまない……。あんな学園にお前を放り込んでしまったせいで……怖かったろう!」

けれども父はそう言って、そのふくよかな体でジーナを抱きしめ、おいおい泣いた。威厳のために蓄えた立派な髭も、涙でびしょ濡れである。ちなみにシロトキナ男爵家は全員が甘味をこよなく愛しており、さらに全員がぽっちゃりとしている。

どうやら両親は、純粋にジーナに上流階級の立ち居振る舞いを学ばせるため王立学園に入学させたのであって、ジーナ自身を商売の道具として使うつもりはなかったようだ。

「よくやった」と褒められると思いきや、まさかの父の男泣きに、まだ傷物にされていないというのに、うっかりつられて感極まったジーナもおいおい泣いた。子供の頃からジーナに惜しみなく与えられた父の「世界一可愛い」と言う言葉は、嘘偽りないものだったのだ。

父親によって虐げられていたエレオノーラの夢を見たからだろうか、こうして父にちゃんと愛されているという実感が、ジーナの胸にひどく響いた。

「この話は断る！　なぜお前にひどいことをした男に、お前を嫁がせねばならんのだ！　そんなことでこの件を不問にできるなどと思うな！　うちの可愛い娘によくも……！　許さん……！　訴えてやる……！」

どうやら父の頭の中では、『暴行を受けて純潔を失い、もうまともな縁談は望めまいと仕方なく暴漢と結婚させられそうになっている哀れな娘』という悲劇的な物語が展開されてしまったようだ。案外想像力の豊かな父である。

実際、乱暴され、その暴行した男と無理やり結婚させられるという話は今でもよくある話だ。純潔を失ってしまった以上、どうせもう他には嫁にいけないからと、加害者との結婚を娘に強いる両親は多い。正直なところ、アルトゥールもそれを狙っていたのだろうと思われた。

「そんな男と結婚するくらいなら、ジーナは結婚などせずに我が家にずっといればいいのだ！」

「そうよ。お母様とずっと一緒に暮らしましょう！」

だがアルトゥールの想定以上に、ジーナの両親は娘を愛していた。よって、ジーナが本気で嫌がれば両親はジーナを守り、おそらく彼の思い通りには進まなかっただろう。――そのことが、嬉しい。

「お父様。お母様。大丈夫です。レオノフ侯爵家からのお話をお受けしてください」

激昂する父を、ジーナは涙を拭いながらなだめた。

ここまできてしまえば、もはやジーナにアルトゥール以外の男性との結婚は難しい。そして、ジーナもなんだかんだ言ってアルトゥールのことをちゃんと好きなのである。

恥ずかしくて死にそうになりながらも、ジーナは家族にアルトゥールとは前々から恋人同士であること、誤解をされているだけであり純潔を失ってはいないことなどを、事細かに説明することになってしまった。

家族はアルトゥールのその強引さに若干の不安を覚えつつも、ジーナがそれでいいのなら、と受け入れてくれた。本当に良い家族に恵まれたと、ジーナは自分の幸運に感謝した。


その翌日、善は急げとばかりに、アルトゥールはシロトキナ男爵家に挨拶に来た。

そこで不機嫌そうにしている父と兄に驚き、そしてなぜか嬉しそうに笑った。歓迎されていないのになぜ嬉しそうだったのか、後ほどこっそりと聞いてみたら、「ジーナが家族に愛され、大切にされていることが嬉しい」のだと言われ、ジーナもまた嬉しくなった。

それから、アルトゥールは父に直々にジーナとの結婚を申し込んだ。

「私はご令嬢が可愛くて可愛くて仕方がないのです。結婚をお許しいただきたい」

「当然です。うちの娘は可愛くて可愛くて可愛いのです！　決まってるでしょう！」

ジーナの『可愛い』が過剰供給を起こしている。こっ恥ずかしくてたまらないジーナは顔を真っ赤にして下を向いてしまった。

母はそんな面々を見て、嬉しそうにくすくすと笑っている。娘がしっかりと愛されていることがわかって、ホッとしているのだろう。

そしてジーナが可愛いという、ただその一点において父と将来の義理の息子は意気投合し、アルトゥールならば娘を大切にしてくれると、父は泣く泣く彼の願いを受け入れた。

こうして、アルトゥールとジーナの婚約は無事に結ばれたのだった。

正直なところ、これでさらに学園生活が面倒なことになるのではないか、などとジーナは危惧していたのだが、むしろ正式な婚約者となった途端、くだらないやっかみが減った。

公となった婚約はもう動かしようがないと諦めたのだろう。むしろアルトゥールの婚約者——つまりは未来の侯爵夫人として、ジーナは一目置かれるようになった。公的に与えられた立場というのは強く、そして身を守るための武器にもなるのだと知った。

ちなみに結婚は、ジーナが学園を卒業したらということで両家にて話がついている。

だが、アルトゥールは自分の卒業後もジーナを一人学園に残すことに難色を示しており、自分の卒業と同時に自主退学をしてすぐに結婚をしてほしいなどと面倒なことを言い出している。

もちろんジーナは即断った。せっかく入学し、学友もいるのだ。青春を謳歌して、きちんと卒業をしたいと思っている。

そんな風にジーナは、いつものように大好きな甘いものを食べて、同じ階級の友人たちと学び、虎視眈々とジーナを孕ませて囲い込もうとしてくる婚約者を適当にあしらいつつ、学園生活を満喫している。

だが平穏な日々の中でも、ジーナには、あの夢が引っかかったままだった。

(それにしても、結局、あの夢はなんだったのかしら……)

その答えはない。

歌劇『エレオノーラ』の世界に入り込んでしまったような、夢。あまりにも生々しく現実的で、ジーナにはどうしてもただの夢とは思えなかった。

(まあ、思い悩んだところでどうにもならないのだけれど)

あれから何度眠っても、同じ夢を見ることはなかった。

授業を受けながら、ジーナはぼうっと思考を巡らせる。

今日の授業は、学園の中央にある大講堂にて全学年合同で行われていた。ちなみに授業の内容は政治学である。講師は高名な先生らしいが、ジーナはまるで興味が湧かず、正直なところ授業の内容は全て耳を素通りしていた。

ふと見渡すと、円状になっている大講堂のジーナが座る席の反対側、最高学年である三年生が座るべき席の最前列には、なぜか一年生のイヴァンカ子爵令嬢が着席していた。その横には王太子がおり、今日も相変わらず授業そっちのけで、二人でイチャイチャとしているようだ。

(いやいやいやいやいや、殿下は特に真面目に聞かなきゃいけない授業でしょうよ……)

なんせ政治学である。むしろ彼のための授業と言っていい。頼む。ちゃんと聞いてくれ。

横に視線を動かせば、全く同じことを考えていたのであろう、隣の席のヴェロニカと目が合った。

我が国の未来は暗いな、などと二人でため息を吐く。

ついつい気になってしまい、講義中王太子たちをチラチラ見ていると、ふと顔を上げたイヴァンカと視線が交わった。

それまで甘ったるい顔をしていた彼女の顔が、一瞬苦々しく歪み、そしてジーナを睨みつけた。

（え？　何？　私、あなたに何かしましたっけ？）

その悪意の意味がわからず、面倒になったジーナはそっと目を逸らす。

すると逸らした先で、今度は振り向いてこっちを見ていたアルトゥールと目があった。彼は嬉しそうに笑いブンブンと手を振ってくる。

（だからちゃんと授業を聞きなさいっての！）

ジーナは自分のことをすっかり棚に上げ、そんなことを思った。

我が国の未来は、哀れにもあの阿呆王太子を支えることになるであろう、アルトゥールの肩にもかかっているのだ。しっかりして欲しい。

アルトゥールは授業開始前、「婚約者だから」という謎の理論で、一年生の席のジーナの隣に陣取ろうとした。もちろんジーナは、情け容赦なく彼を三年生の席へ追いやった。

「アルトゥール様。世の中には規則（ルール）というものがあるのよ」

「婚約者だからいいだろう。隣に座りたい」

「婚約は全ての免罪符にはならないわ。とっとと自分の席に戻って」

婚約を結んでからというもの、ジーナとアルトゥールの間は随分と気安いものとなっていた。

未来が見えないことでジーナが彼に対して張っていた虚勢が、剥がれてしまったのだ。きっと、安堵からくる甘えなのだろう。

婚約者といえど、家格の違う、さらには上級生であるアルトゥールに対し、この気安い態度は如何なものかと自分でも思いつつ、むしろ彼が喜ぶのでそのままとなっている。

ぴしゃりと叱ってやれば、アルトゥールはしょんぼりと肩を落として三年生の席へと戻っていった。だがまた授業が終われば、何事もなかったかのように、ジーナにべったりとくっついてくるだろう。

（あの打たれ強さと粘り強さはすごいわ……）

正直称賛に値する。彼がなぜそこまでジーナに執着するのか。――その答えもまた、出ていない。

案の定、授業が終わった瞬間に、アルトゥールは犬のようにジーナの元へと一目散に駆け寄ってきた。

ヴェロニカが生ぬるい微笑みを浮かべたまま手を振ってその場から離れていく。おそらく巻き込まれたくないのだろう。その気持ちはわからないでもないが、薄情な友である。

「ジーナ！　今日の放課後、街に出て甘いものを食べにいかないか？　新しい菓子店ができたらしい」

アルトゥールはこのところ、王都にある菓子店の情報収集に余念がない。彼は釣った魚にもちゃんと餌をやる出来た男であるらしい。婚約した後もこうしてあれこれとジーナを喜ばせようとしてくれる。

そんな彼の心が嬉しくて、ジーナは笑って誘いに頷くと、彼の差し出した手に自らの手を重ねる。そして、そのまま一年生の教室まで送ってもらった。

犬のように忠実に飼い主に仕えるアルトゥールに、周囲は驚きを隠せないようだ。当のジーナも、そんな周囲の視線に晒されることにすっかり慣れてしまった。

その後、通常通り残りの授業を受け、放課後アルトゥールの元へ向かおうとしたジーナは、意外な人物に声をかけられた。

「……ねえ、ちょっといいかしら？」

「はい？」

それは、噂の子爵令嬢、イヴァンカだった。

（え？　なんで私に話しかけるの？）

これまで彼女と言葉を交わしたことはない。そもそもまともに顔を見たのも、あの王太子に呼び出されたときが初めてだった。いったい何の用だというのか。

「あなたと二人きりで話したいことがあるの。少し時間をもらえないかしら？」

友達ではないが、一応は同級生だ。これだけ衆目ある中でジーナに話しかけたのだから、強引なことをすることもないだろう。

さらには、ジーナ自身、彼女の話とやらに少々興味があった。なんせ彼女は、このところのジーナとヴェロニカの楽しい観察対象であったので。

ジーナは近くにいたヴェロニカに、目で合図を送る。彼女は満面の笑みで「任せろ！」とばかりに親指をぐっと上げて見せた。正直不安しかないが、まあいい。

そしてジーナは、イヴァンカに促されるまま大人しくついていった。連れて行かれたのは、人気のない校舎の裏庭であった。

（あら？　これはちょっと危険だったかしら）

やがてイヴァンカは立ち止まり、ジーナを振り返った。ストロベリーゴールドの髪がふわりと揺れる。

今日も可憐で可愛らしいが、本家である絶世の美少女のエレオノーラを見てしまった後の身としては、少々物足りなさを感じてしまう。人間とは贅沢に慣れるのが早い、業の深い生き物である。

さて、講義中にあんなにも睨まれたことを思えば、彼女がジーナに対し悪感情を持っていることは間違いない。実際、今も彼女の鮮やかな濃い空色の目は、ジーナを忌々しげに睨みつけている。

「あの、何かご用でしょうか？」

「――アルトゥール様と別れてほしいの」

「……はい？」

イヴァンカの要求に、ジーナは驚く。アルトゥール関連の話であることは予測がついていたが、こんなにも直球で来るとは思わなかった。

ちなみに当のアルトゥールといえば、ヴェロニカに誘われてジーナたちの跡をつけてきたらしく、近くの茂みに隠れてこの茶番劇を覗いているようだ。イヴァンカの言葉に動揺したのか、茂みがガサガサと不自然に揺れているし、漆黒のさらさらした髪がちょっとはみ出ている。隠密行動の下手な男だ。

この呼び出しを受けた際、ヴェロニカに「アルトゥールにこの事態を報告してほしい」と、目配せをしていた。二人きりで話したいと言われたが、行った先で、大人数で待ち構えられていたりしたら、たまったものではない。我が身を危険に晒しかねないそんな要求を聞いてやる義理は、ジーナにはない。

だから逆に、人気のないところと言えど、イヴァンカが一人で対峙し、直球で用件を述べてきたことは少々意外だった。

「えーと。なぜ私がアルトゥール様と別れねばならないのでしょう？」

「私の方がアルトゥール様のことを好きだからよ！　あなた、彼のこと別に好きでもなんでもないでしょう？　彼にあんなにも冷たい態度をとっているんだもの」

そう言い切られジーナは少し反省した。茂みもワッサワッサと揺れている。わかりやすい男だ。

確かにジーナ自身少々アルトゥールに対し、ぞんざいな扱いをしている自覚がある。やはり周囲にもそう見えるのだろう。――だがまあ、それはともかく。

「えーと。イヴァンカさんって、アルトゥール様より王太子殿下と仲良くされている気がするのだけれど」

するとイヴァンカは一瞬痛みを堪えるような顔をしてから、吐き捨てた。

「別に殿下なんてどうだっていいわ」

「ええ？　いいの？」

彼女は随分王太子に媚を売っていた気がするのだが、実は好きというわけではなかったらしい。今日だっ

てあんなにイチャイチャしていたのに意外である。

するとまたしても激しく茂みが揺れた。イヴァンカも気になるがそちらにも目が行ってしまう。というか、イヴァンカもなぜあの不自然に揺れる茂みに気が付かないのだろう。興奮しているからだろうか。イヴァンカはまたジーナを憎々しげに睨みつけた。

「大体なんであなたなのよ！　私の方が絶対に可愛いし、私の方が絶対に努力をしているのに！」

まるでジーナがアルトゥールを彼女から奪い取ったかのような言い様である。確かにジーナよりもイヴァンカの方が、容姿も家格も上であるが。

「そのようなことを言われましても……」

是非その理由は直接アルトゥールに聞いてほしい。むしろ自分自身も知りたいくらいだとジーナは思った。なぜ私などを選んだのか、と。

「アルトゥール様が、一番よかったのに！　なんであなたが選ばれるのよ……！」

そうまくし立てると、イヴァンカの目から大粒の涙がこぼれ落ちる。

彼女は泣くほどアルトゥールが好きだったのか、とジーナは驚く。

言われてみれば確かに、彼女はいつもアルトゥールにも果敢に話しかけていたようだった。アルトゥールはちっとも相手にしていなかったのだが。それでも一番そばにいるのは王太子だと思っていた。

「私、てっきりあなたは王太子殿下のことが好きなのだと思っていたわ」

するとイヴァンカは、何もわかっていないわね、とばかりにジーナを鼻で笑ってみせた。

「だって殿下は隣国の王女との結婚が決まっているわ。私、妾になんてなるつもりはないもの。それに――他の奴らも同じようなものよ」

「えっ？」

聞き返したジーナに、イヴァンカはなおも涙を流しながらも、壮絶に笑った。

「生徒会の公爵家次男は、絶対に動かせない婿入り先が決まっているから却下。辺境なんかに行きたくないから辺境伯家の双子も論外よ。ちなみに彼らにも、それぞれれっきとした婚約者がいるわ。つまり、婚約者がいなくて、なおかつ侯爵家を継ぐ予定のアルトゥール様が、一番条件がいいの」

そんなイヴァンカの言葉に、ジーナは呆気にとられてしまった。

なるほど、確かに彼女はジーナよりもアルトゥールのことが好きかもしれない。ただしカモとして、どこまでも打算的に。いっそ清々しい。

だが泣きじゃくる彼女が痛ましくて、ジーナは思わず母親のごとく抱きしめてしまった。

そのとき、ガサッとひときわ大きな音が茂みで鳴った。

ジーナがそちらを見やると、愕然とした面持ちの生徒会の皆様が突っ立っていた。

(え？　ちょっと！　やだ！　ヴェロニカったらアルトゥール様だけじゃなくて、生徒会役員全員連れてきちゃったの？)

ジーナは心の中で叫んだ。どうやら先ほどまでガサガサと茂みを揺らしていたのは、アルトゥールだけではなかったらしい。明らかに連れてきすぎである。そんなヴェロニカは彼らの後ろで「てへっ」とばかりに可愛らしく舌を出している。そういえば彼女は実はジーナと同等か、それ以上に武闘派であった。

生徒会の面々は、おそらくそれぞれがイヴァンカに対し、好意なりなんなりを抱えていたのだろう。それなのに「却下」だとか「論外」などという判定を内心で下されていたと知って、ショックに違いない。

（……でもまあ、彼らも自業自得よね。だって、学生時代の思い出のためだけに、彼女を消費しようとしたのでしょうから）

先だってジーナに伝えたように、おそらく彼らは学園生活の間だけイヴァンカを好きなように愛でて、卒業すれば己の身分にふさわしい婚約者たちの元へ、素知らぬ顔をして帰っていくつもりだったのだろう。

彼らの青春のために消費されたイヴァンカの、これからも続く未来への責任など、一切負わずに。

正直なところどっちもどっちである、とジーナは思う。でもまさか身分が高いからといって、消費するのは構わないが、自分は消費されるのは嫌などと、ふざけたことは抜かさないでほしい。

そんな彼らには気付かず、ジーナのふくよかな胸でひとしきり泣いた後、イヴァンカは小さな声で真実を告げた。

「……私ね、この学園を卒業したら、結婚しなきゃいけないの」

ジーナは驚いて目を見開く。まさか彼女にまで婚約者がいるとは思わなかった。だというのに『貞女二夫に見えず』とか言っていたのか。全てがジーナの理解を超えている。

「伯爵家へお嫁にいくの。家格的には上の家に嫁ぐのだから悪くない縁組なのでしょうね。支度金もたくさん用意してもらえると、お養母様もお養父様も喜んでおられたし」

イヴァンカは嫁入り時の箔をつけるためだけに、この学園に放り込まれたのだと言う。

しかし婚約者がいるなら余計に、学園での奔放な恋愛は気を付けたほうがいいはずだ。複数の男性に声をかけているなど、未来の夫の耳に入っては困るはずだろう。

つまり、彼女は己の婚約者を疎ましく思っているのだ。家柄も悪くない。両親も喜んでくれている。

――それなのに、なぜか。

イヴァンカは、唇を噛み締めた。

「――――自分の父親よりもはるかに年上の、老人に嫁がされるの。私」

イヴァンカはその美貌を見出され、遠縁の子爵家に養女とされた。

そして、伯爵家に売られたのだ。お金のために、商品として。

自らの意思など一切考慮されず、老人の玩具になるのだと勝手に定められた。

ジーナの体が、大きく震えた。なぜかその感覚を、身を以て知っているような気がしたのだ。

「だからどうしても、婚約者より上の家格の男を、自分をもっと高値で買ってくれる男を、この学園にいる間に誑し込まなきゃいけなかったの」

イヴァンカは、なにも好き好んで奔放な行動を取っていたのではない。彼女なりに持てる武器を使って、必死に未来を切り開こうとしていたのだ。

最後の自由の中で婚約者よりも権力があり、そしてちゃんと自分が愛せそうな男を探し、突破口を見つけようとしていたのだ。

話を聞いているうちに、ジーナの頭がガンガンと打ちつけられるように痛み出した。勝手に彼女を憐れみ、そして、そんな自分を恥じる。

貴族の子女が集まるこの学園においても、伯爵以上の地位ともなると、確かに生徒会の面々くらいしか思い付かない。イヴァンカは仲良くなったところを見計らい、彼らに遠回しに己の婚約について漏らしてみたのだという。

だが、誰もイヴァンカに対し、真摯に対応してくれなかった。「大変だね」とだけ言って、それ以上踏み込んではくれなかった。――――そう、つまりは。

「結局私は、彼らの遊び相手にしかなれなかったということよ」

凄惨な笑顔を浮かべるイヴァンカの濡れた瞳の奥には、はっきりと絶望が浮かんでいた。

「私にはもう後がないわ。……だから、幸せそうなあなたに、すこし嫌な思いをさせてやりたかったのよ」

――きっと、消費する側にはわからないのだ。消費される側の気持ちなど。

「あんたは自分が恵まれてるってことを、少し自覚するといいわ」

アルトゥールに冷たくそっけない態度をとるジーナに対し、どれほどイヴァンカは苛立ったろう。自分が欲しくて仕方がないものを手に入れておきながら、それを大切にしないジーナに。

(――――ダメだわ。やっぱり、こんなの、絶対にダメだわ)

ジーナの両目から涙がこぼれ落ちる。脳裏に、美しいエレオノーラの顔がちらつく。

どうして、女の身に生まれただけで、美しく生まれついただけで、こんな理不尽を受け入れねばならないのだろう。

「ジーナ！」

突然ボロボロと涙をこぼし始めた恋人を見ていられなくなったのか、アルトゥールが飛び出してきた。彼を見て真っ青な顔をしたイヴァンカからジーナを引き離し、強く抱きしめる。

続いて後ろめたそうに王太子と生徒会メンバーもぞろぞろと現れる。全てを知られたのだと理解したイヴァンカは言葉をなくし、それから、覚悟を決めたように皮肉げに微笑んだ。

彼女は諦めてしまったのだろう。かつての、エレオノーラのように。

「……ごめんなさいね、殿下。あなたが学生時代の綺麗な思い出として愛そうとした女は、残念ながら、こんなにも醜悪な女なのですわ」

そして、鼻で笑う。もう失うもののないイヴァンカには、怖いものもまたないのだろう。

「これで最後でしょうから、正直に申し上げますわね」

壮絶にイヴァンカは嗤う。彼らを、断罪するように。

「――――本当はあたし、あんたたちのことが大嫌い」

男たちは大きく体を震わせ、怒りで顔を真っ赤にした。

その姿を見て、溜飲が下がったとばかりに清々した顔でイヴァンカは笑う。

「男なんてみんな大嫌い。女のことを大切にしているようで、本当は同じ人間だと思っていないんだ」

彼女本来のものなのだろう、蓮っ葉な口調で吐き捨てられた言葉には、悲哀が満ちている。きっと、選ばれなかったことへの。

そして、彼女はジーナを抱きしめたままのアルトゥールに向き直る。

「……でもアルトゥール様。あたし、あなたのことはそんなに嫌いじゃありませんでした」

自分がどんなに媚びても動じず、ジーナに対しひたすらに一途なアルトゥールが眩しかったのだと。

だからこそ何もしていないのに、ただ愛されるジーナが、ひどく羨ましくて妬ましかったのだと。

――だって自分は、きっと、そんな風に想ってはもらえない。

「ジーナさんと、どうか末永くお幸せに」

スッキリした顔で笑いながらそう言って、イヴァンカは踵を返し、颯爽と去っていった。

残されたのは間抜けな顔をした、愚かな男たち。

ジーナはイヴァンカの背を、感嘆の眼差しで見送った。

――何も知らなかった。彼女は一人で戦っていたのに。

呆然としている王太子以下を放置して、用は済んだとばかりにアルトゥールがジーナの手を引き歩き出す。

どうしよう。胸が苦しい。気を抜くと涙が出てしまう。

「大丈夫か。ジーナ」

心配そうにアルトゥールが声をかけてくれる。ジーナは涙をこぼしながら言った。

「糖分が足りない……」

「……そうか。そうだな」

そして、元々の約束通り、アルトゥールとジーナは街に出た。

新しくできたばかりだという菓子店に連れてこられたジーナは、ふわふわのスポンジケーキを前にしても、まだ憂鬱だった。

イヴァンカのことを思うと、なにやら元気が出ない。自分の傲慢さにも気付かされてしまった。

皿に鎮座したケーキは見るからに美味しそうだ。たっぷりと載せられた生クリームもたまらない。それなのに、一向に気分が浮上しない。頭の中をイヴァンカとエレオノーラの顔がぐるぐると回る。

いつもなら甘いものを目にするだけで元気が出るのに、こんなことは初めてだ。

ジーナは重い頭をそっと手で押さえる。

「ほら、食べろ。ジーナ。そして元気を出せ」

やはりそんなジーナが心配だったのだろう。一口分ケーキを切り取りフォークで刺すと、アルトゥールは彼女の口元へそれを運んだ。

「んっんんっ……！」

突きつけられたそれを惰性で口に含めば、幸せな時間がやってくる。やはり甘味とは偉大だ。ジーナは思わず悩ましい声を上げた。

手足をわずかにバタバタさせながら感極まっているジーナを、アルトゥールは甘く蕩けた表情で見ていた。そこにある若干の欲情の色は見なかったことにする。

「少しは元気が出たか？」

「……ええ。ありがとう、アルトゥール様」

優しい彼の微笑みに、ジーナは自分の幸運さを思い知る。こうして一途に大切に想ってもらえること。それがどれほど得難(がた)く幸せなことなのかを。

「このケーキはバターではなく、植物油を使用しているらしい」

アルトゥールは前もって調べていたのだろう蘊蓄(うんちく)を、ジーナに披露する。

「ふうん。だから普通のスポンジケーキよりも軽くて柔らかくて味が少し淡白なのね。ああ、美味しい。自分でも作れないかしら」

ケーキのレシピを頭の中で想像しながら食べていると、アルトゥールがなぜか少し緊張した面持ちで、口を開いた。

「……なあ、ジーナ。何か俺に隠していることはないか？」

「はい？」

突然そんなことを聞かれ、ジーナは首を傾げる。彼に隠していることなど、特にはないはずだ。もう少しその粘着質な性質をどうにかしてもらえないかと思っているくらいで。

「なんだっていい。どんな話でも。何か、ないか？」

「……いいえ。特に身に覚えがないけれど」

「……そうか。ならば、いい」

ほんの少し寂しげに、アルトゥールは言った。

そして帰り道、二人で馬車に乗り込む。侯爵家の上質な馬車は揺れが少なく、満腹なこともあって、ジーナは次第に眠気に襲われた。

うつらうつらしていると、アルトゥールの優しい声がした。

「家に着いたら起こしてやるから、寝ていていいぞ」

「ん……？　変なこと、しない？」

「し、しないとも。もちろん」

少々挙動不審になっている辺り、何やら疑わしいが、流石に馬車の中で貞操を奪われることはないだろうと、ジーナは重くてたまらない瞼を下ろした。

「ジーナ……。く、口付けくらいなら、いいだろうか？」

しないと言ったその口ですぐに前言撤回し、おずおずと聞いてくるアルトゥールに少し笑って、軽く頷いてやる。するとすぐに柔らかな優しい口付けが、ちゅっ、ちゅっと可愛らしい音を立てながら顔中に降り注ぐ。その温もりはただただ心地が良い。

このところ、こうして一つ一つちゃんと許可を求めてくれることが嬉しい。そして、ジーナが本気で嫌がると、ちゃんとやめてくれるところも。かつて大嫌いと言われたことが、案外堪えているようだ。

ジーナは少しずつアルトゥールを信用し始めていた。

「膝と肩、どちらの枕がいい？」

さらにアルトゥールは、馬車の揺れに合わせて左右にふらふらと揺れるジーナに、自ら枕になると申し出てくれる。ジーナはありがたく、彼の肩を借りることにした。少し彼が残念そうな顔をしたのは見なかったことにする。

アルトゥールに体重を預け、その肩に頭を乗せる。それだけで随分と体勢が楽になる。

「ああ良い匂いがする……。なんでこんなに良い匂いなんだ……。ジーナは匂いまでもが可愛い。この世の奇跡だ……」

何やらアルトゥールが訳のわからないことをブツブツ呟いているが、ジーナはそれらを綺麗に無視して、夢の世界へと旅立つことにした。

# 第五章　薄氷の上の幸福

エレオノーラは、ラリオノヴァ侯爵家の一人娘として生を受けた。

生まれたばかりの娘の顔を見た瞬間に、父であるラリオノヴァ侯爵は野望を抱いた。


――この子を大公妃に。


そんな野望を抱いてしまうほど、娘は美しかった。

赤子ながら完璧な左右対称が見て取れる顔。黒々として長い睫毛。爪の形まで美しい。

ラリオノヴァ家は先代に公女が降嫁したほどの名家であり、家格的にも十分大公妃を狙うことができる。

そう確信したラリオノヴァ侯爵家では、エレオノーラを大公妃とすることが悲願となった。

エレオノーラはすくすくと成長し、やはり父の期待通り、類い稀なる美少女となった。

だが、その中身はあくまでも、甘いものを食べることが大好きな、どこにでもいる普通の女の子だった。

七歳の時に母を病で喪(うしな)ってしまうまで、よく笑う普通の女の子だったのだ。

しかしエレオノーラを守り、歯止めとなっていた母がいなくなり、父の箍(たが)は外れてしまった。

妻を失った悲しみを、娘を大公妃にするという野望に置き換えて、父はエレオノーラに事細かに干渉するようになった。

人間離れした美しさから、エレオノーラは常に周囲には注目された。すると、賛美と共に、その美しさをやっかむ者も現れた。

「エレオノーラ嬢、最近随分とふっくらなさったようで」

女性の腰は細ければ細いほど美しいとされていた時代だった。故に、ほんの少し同年代の子供よりふっくらしただけで、エレオノーラはそんな風に嘲笑され、それを耳にした父は、怒り狂った。

父は娘に対し、少しの瑕疵(かし)も許せなかったのだ。

「エレオノーラの食事量を減らせ。甘いものなどもってのほかだ。絶対に太らせるな」

父はエレオノーラという一つの作品を作ることに、取り憑かれていた。そう、病的なまでに。

血眼になって育ち盛りの娘に食事制限をし、わずかな食料しか与えず、美容に良いとされるものを味を考慮せず無理やり口に詰め込み、摂取させた。肌が白く美しくなるという怪しげな薬を手に入れれば、その幼い柔肌に塗りたくり、そして何人もの教師をつけ、大公妃に必要となる教養を詰め込んでいった。

幼いエレオノーラが飢えて泣いても、勉強が辛くて泣いても、娘を大公妃にするという妄執に取り憑かれた父は、決してその手を緩めなかった。

子供らしくあるべき時間を奪われ、エレオノーラは次第に人形のように表情を失っていった。

そして年頃になったエレオノーラは社交デビューし、披露された。

その美しさに皆が感嘆の声を上げた。その時の父の誇らしげな顔を思い出すと、エレオノーラは今でも満たされた気持ちになる。

こうして、エレオノーラは時代の大公妃の第一候補として、華々しくデビューしたのだ。

だが、残念ながら、自分の意思を持つことを許されず育ったエレオノーラは、所詮はただ美しいだけの、精巧な人形に過ぎなかった。

人見知りな上に臆病で、面白い会話もできず、表情もほとんどないエレオノーラに、やがて皆は興味を失っていった。

彼女自身も、社交は苦痛でしかなかった。父の虚栄心を満たすためだけに頻繁に夜会や舞踏会に連れ出されては見世物となる彼女の唯一の楽しみは、こっそりとその父の目を盗んで、提供された甘いものを食べることだった。

それもせいぜいが一口程度だ。少しでも体型が崩れれば、また父に恫喝されてしまう。

そして、そんな父と娘の、血の滲むような努力が報われることは、なかった。

第一公子の妃に選ばれたのはエレオノーラではなく、彼女よりも容姿も家格もはるかに劣る、けれども明るくて朗らかな、伯爵令嬢であった。

第一公子はその理由について、親しい友人にこう言った。

『エレオノーラ嬢の見た目はこの上なく美しいけれど、対人能力が低過ぎる。大公妃としては不適格だ。それに正直、一緒にいてもつまらない』

第一公子のその軽率な言葉は、美しいエレオノーラを自慢げに連れて歩くラリオノヴァ侯爵のことを鬱陶しく思っていた者たちに、あっという間に流布され、知れ渡ることになった。

期待や金をかけた分だけ、父の落胆は凄まじかった。第一公子の婚約発表後、彼は怒り狂い、屋敷の調度品や使用人に当たり散らした。そしてその怒りは、期待に添えなかった娘にも向かった。

「お前にはほとほと嫌気がさした。本当に見た目だけしか取り柄がないのだな」

「……申し訳、ございません。お父様」

父の失望の目は、エレオノーラの弱った心を、さらに切り刻んだ。

(この姿以外、私にはなんの価値もないのね)

もっと自分が普通の容姿であったのなら、こんな思いはしなかったのだろうか。父も、娘を大公妃に、などという大それた野望は持たず、エレオノーラを普通の娘として可愛がってくれたのだろうか。

(――――だったらこんな顔、いらないのに)

そうして彼女の心は静かに少しずつ壊れていった。

父はエレオノーラを大公妃とするため、かつて山のようにあった娘への縁談を全て断り、近づく男性は全て排除していた。そのため、エレオノーラは年頃でありながら、いまだに婚約者がいなかった。

だが、すでにめぼしい上流階級の独身男性は、そのほとんどがすでに婚約者持ちだ。

さらには無表情で愛想のないエレオノーラを観賞用として愛でる男はいても、妻として望む男はいなかった。よってエレオノーラは社交の場に出ても、その場にいる誰よりも美しい容姿でありながら、壁の花となるしかない。

　気がつけば、彼女は皆の嘲笑の対象となっていた。

　美しくとも中身の空っぽな、哀れで愚かしい侯爵令嬢。


（今日もお父様に怒られるのね……）

　その日の舞踏会も、エレオノーラは一人ぽつんと会場の壁に寄り添うように立っていた。会場の中央では、色とりどりのドレスを身にまとった令嬢たちが楽しげに意中の男性と踊っている。

　父は次第に、なんら成果を出さぬエレオノーラを恥じ、疎んじるようになった。

　昨日などは「もっと高値で売れるうちに、とっとと売っておけば良かった」などと言われてしまった。そもそも数多くあったはずの婚約話を、全て蹴ったのは父であったというのに。

（きっと財産（むすめ）の値崩れが許せないのでしょうね）

　買い手を探してこいと父から叩き出された舞踏会の会場で、そんなことを考えながら、エレオノーラは踊る人たちをぼうっと見つめていた。

　いっそのこと修道院に入って神への祈りの日々を送りたいと思い、先日父にそれとなく伝えてみたが、父は怒り狂い、「ふざけるな」と怒鳴ってエレオノーラの頬を打った。これまで娘にかけてきた金や手間を無駄にするようで、納得できないのだろう。

（……私、なんのために生きているのかしら）

エレオノーラは、もう自分の存在意義さえ見出すことできなくなっていた。

俯きながら、ただ時間が流れるのを待っていると、突然会場がざわめいた。

どうやら大物が入場してきたらしい。壁の花であるエレオノーラには、関係ないことであるが。

だがそのざわめきはどんどん大きくなり、エレオノーラの方へと近づいてくる。

流石に訝しく思ったエレオノーラがようやく顔を上げれば、何人もの女性の塊がこちらへと向かっていた。

やがてその中をかき分けるように一人の貴公子が姿を現すと、エレオノーラの前に歩み寄り、跪く。

一瞬、エレオノーラは何が起こったのかわからなかった。彼の背後にいる女性たちから非難めいた黄色い声が上がり、それでようやくその貴公子の目的が自分だと気付いた。

「……あの。私に何か？」

緊張と動揺のあまり、いつもにも増してエレオノーラの表情筋は死んでいた。

だが顔を上げた男は、彼女の冷たい表情を見ても、怒ることなく柔和に微笑んで熱の籠った視線を送るだけだ。

ようやく思考が追いついてきたエレオノーラは、目の前の男の名前を思い出す。

その背に緩やかに波打つ、透き通るような銀の髪。思慮深そうな紫水晶（アメシスト）の瞳。

『ルスラン・カリストラトヴァ』――――この公国の第三公子であると。

ルスラン公子といえば、その美貌と優秀さで、この国の外交を一手に担っている人物だ。しばらくリヴァノフ帝国に駐在していたはずだが、おそらく帰国したのだろう。道理で会場が騒がしくなったわけだ。これほどの人物なのだから。

「エレオノーラ嬢。私にあなたと踊る権利をいただけませんか?」

だがそんな彼が、なぜエレオノーラなどに話しかけるのだろう。

エレオノーラが混乱していると、周囲で囁く声が聞こえてきた。

「ルスラン様はしばらくこの国におられなかったからご存じないのね」

「あの方、見た目だけならこの上なくお美しいですものね。——その中身は空っぽだけれど」

くすくす、くすくす、エレオノーラを嘲笑する、音。

(私なんかと踊ったら、ルスラン様にご迷惑をおかけしてしまうわ……)

困ってしまったエレオノーラがそのまま固まっていると、背後の嘲笑が聞こえているだろうに、意に介さず、ルスランは手を差し伸べてきた。

駄目だと思いながらも、彼のその手に思わず自らの手を重ねてしまったのは、きっと寂しかったからで。

彼に導かれるまま、ダンスの輪に加わる。

エレオノーラはルスランにその身を委ね、くるりくるりと舞った。大公妃教育の一つとして父から徹底的に仕込まれたため、ダンスは得意だ。

彼らを、最初は嘲る対象として見ていた周囲は、やがてその美しさに感嘆のため息を吐いた。

まるで最初から対であったかのように、二人は自然にそこにいた。

(どうしよう、楽しい)

エレオノーラの心に、温かな何かが満ちていく。ダンスを楽しいと思ったのは生まれて初めてだった。驚くほど踊りやすい。ぴったりと息が合う。

そして、無意識のうちにこぼれたのは、柔らかな微笑み。

またしても周囲がざわめいた。けれどそんな外部の雑音を、彼女の耳はもう拾わなかった。

ルスランと二人きりの世界に、エレオノーラはいた。

ルスランの目が、甘く、蕩けるように細められる。そして、そのまま彼は、舞踏会が終わるまでエレオノーラの手を離さなかった。

未婚の娘であるのならば、同じ相手と何度も踊ることは本来許されることではない。それを知りながら、ルスランはエレオノーラに他の男と踊ることを許さず、彼女と踊り続けた。

おそらく、すでに彼はこの時点で、エレオノーラを自分の妻とすることを決めていたのだろう。

その証拠に、ルスランはその後すぐにラリオノヴァ侯爵家に、エレオノーラとの婚約を申し入れた。

大公妃にはなれずとも、相手が第三公子ならば上々の結果だ。雪辱（せつじょく）を果たせたと父は喜んだ。そして、決して彼の不興を買うなと、娘に厳しく言い渡した。

ルスランは公務で忙しい合間を縫って、エレオノーラと会う時間を作ってくれた。与えられる度に重く苦しかった『美しい』という賛辞も、不思議とルスランに言われるのは嬉しい。

そして、彼はエレオノーラに対し『美しい』よりもずっと多く、『可愛い』という表現を使った。

「私の可愛いエレオノーラ」

彼にそう呼びかけられることが、たまらなく嬉しくて。エレオノーラはその度に泣きそうになる心を必死に堪える。

怖かった。初めて与えられたこの温かい感情を、失ってしまうことが。

今、間違いなく幸せなのに、それを失うことばかりを考え、怯えていた。

だからこそルスランとフェリシア離宮を共に歩いた時、願いが叶うという泉に硬貨を投げ込みエレオノーラは願った。

(――――強く、なりたい)

(――――ルスラン様に嫌われたくない。ずっと彼のそばにいたい。それから)

ふと、社交の場で楽しそうに恋の話をする令嬢たちの姿を思い出す。

羨ましかった。自分にもそんな風に恋の悩みを相談し合えるような友達がいたら、どれほどいいだろう。

すぐに後ろ向きになる思考を、一人抱えているのは辛かった。

(……お友達が、欲しいわ)

そんな願いを込めてエレオノーラが投げた硬貨は、美しい弧を描き、泉の中心部へと沈んで消えていった。

(――――そう。そうしたら、ジーナが現れたんだわ)

その時のことを思い出すと、今でもエレオノーラは笑ってしまう。

突然自分の中に現れた空想の友人。まるで自分とは別の人格の彼女は、怯えるエレオノーラを励まし、笑い方を教えてくれた。

そして、あんなにも恐れていた父にさえも反撃し、徹底的にやり込めてしまった。

本来なら他人が自分の身体を勝手に動かすなど気味が悪いと思いそうなものだが、エレオノーラは不思議とジーナに対し、そういった感情を持たなかった。

（ジーナは、もしかしたら女神様なのかもしれないわね）

エレオノーラを助けてくれた、強くて逞しくて、そして実は少しぽっちゃりしているという、女神様。

あれから、父はすっかりエレオノーラを恐れるようになり、言葉を選んで話しかけてくるようになった。

親しい仲にも礼儀や尊重が必要であることを、思い出したらしい。

（……ジーナの言う通り、我慢するだけでは、駄目だったんだわ）

戦い、立ち向かわなければならなかったのだ、きっと。

ジーナは、確かにエレオノーラに強さを与えてくれた。まっすぐで強い、エレオノーラの初めての友達。

（ああ、またジーナに会いたいわ）

ルスランと口付けをしている時、恥ずかしくて見られたくないと思ったら、彼女は消えてしまった。自分の身勝手な思いが彼女を消してしまったのかと、エレオノーラはしばらく気に病んでいた。

――そういえば彼女はルスランにやたらと怯えていたが、一体何だったのだろうか。

「エレオノーラ様。もうすぐ到着いたしますよ」

馬車の外から聞こえた御者の言葉に、エレオノーラは目を覚ました。どうやらうたた寝してしまっていたらしい。こんな時に眠れるなんてと自分に驚く。このところずっと忙しかったため、自分でも気付かないうちに疲れが溜まっていたのかもしれない。

すると、頭の中で懐かしい声が響いてきた。

『……あれ？』

次いで、慌てたような声が聞こえる。エレオノーラは笑って、全身の力を抜きその声の主に自分の体を委ねる。

彼女は前回と同じように、なぜか手始めにエレオノーラの腰に手を回した。

「細っ‼　なんなのよ指先と指先が触れ合いそうなこの細さ！　許しがたいわ！　って、もうこれは疑いようがないわね……」

何やらぶつくさと言っているジーナに、思わずエレオノーラは笑いそうになるのを必死に堪えた。

どうやらまたしてもエレオノーラの中に、ジーナが入り込んでいるようだ。ジーナの雰囲気は、前回とまるで変わっていない。久しぶりの友人の来訪が嬉しい。

「やっぱり私、またエレオノーラの中にいるのね。どうしようかしら。ってあら？　これは婚礼衣装？」

ジーナが着ている純白の衣装の裾を指先で持ち上げ、驚く。

父の執念とラリオノヴァ侯爵家の威信をかけて作られたこの衣装は、絹に銀糸で細かく刺繍をされ、小さな宝石が散りばめられた豪奢なものだ。それにジーナが触れて、うっとりと見惚れている。

『久しぶりね、ジーナ』

「え？　あ！　エレオノーラ！　起きていたのね。ごめんなさい、すぐに体を返すわ！」

ジーナは本当にまっすぐな心の持ち主だとエレオノーラは思う。このままエレオノーラの体を奪ってしまっても誰も気付かないだろうに。

『私、またあなたの中に入り込んでしまったみたいね』

頭の中でしょんぼりと言うジーナに、エレオノーラは微笑む。

「嬉しいわ、ジーナ。私、ずっとあなたに会いたかったの」

『まあ！　奇遇ね！　私もよ』

ジーナの声が弾んで聞こえ、エレオノーラも嬉しくなる。ルスランと婚約関係になったことで、昔よりも社交を無難にこなせるようになったが、それでもやはり、友達と呼べる付き合いができる相手は他にできなかった。

「前にあなたと会ってから、もう一年になるかしら？」

『……一年ですって⁉』

ジーナの声が驚いて上擦る。彼女の世界では、前回エレオノーラの体に入った時から一ヶ月も経っていないという。どうやら彼女と自分との間には時間の歪みがあるらしい。

（一ヶ月しか経っていない、という時間の感覚があるということは）

ジーナにも、別に生きている世界があるということだ。

これまでエレオノーラは、ジーナのことを自分が無意識のうちに作り上げた空想の人物なのだと思っていた。だが、ジーナはあまりにも自我を持ち過ぎている。エレオノーラの想像を超えるほどに。

（ではいったい彼女は何なのかしら……？）

そんな疑問が頭をもたげたが、ジーナの明るい声がそれを遮った。

『エレオノーラ。今日、結婚式なの？』

「ええ。これからルスラン様の待つ大聖堂へ向かう予定なの」

そう。今日は、エレオノーラとルスランの婚礼の日だった。

花嫁の衣装姿は、婚礼のその時まで新郎には見せてはいけない決まりになっている。

故にラリオノヴァ侯爵家で衣装を整えてから、馬車で大聖堂へと向かうのだ。

中を覗かれないよう、馬車の窓はしっかりと閉められ、車内はランプの明かりだけで薄暗い。

『新郎よりも先に婚礼衣装を見ちゃうなんて、なんだか申し訳ないわ』

そう言って、ジーナは笑った。

「そんなことないわ。あなたにも見てもらいたかったから、嬉しい」

何度も逃げ出しそうになりながらも、ここまでこれたのは、ジーナのおかげだ。すると、照れたような気配を感じる。思わずエレオノーラも笑った。

『まあ！　エレオノーラ。あなた笑えるようになったのね。鏡はないの？　あなたの顔が見たいわ』

残念ながら、そんなものはない。だが喜んでくれるジーナの、その心が嬉しかった。

それから二人は、とりとめのない話をした。エレオノーラはルスランとの恋の話を。ジーナは生きている世界における明るい家族と、粘着質な婚約者と、頼もしい友人の話を。

ジーナの話は面白く、エレオノーラは何度も笑ってしまった。

ぽっちゃりしていたって、言いたいことを言ったって。ジーナはいつだって明るくて、優しい家族も、素敵な恋人も、楽しい友達もいる。

きっと、みんなジーナのことが大好きなのだろう。だって、エレオノーラもジーナが大好きなのだから。

エレオノーラは自分にかけられた呪いが、解けていることを感じていた。


やがて馬車がゆっくりと止まった。エレオノーラの体に緊張が走る。

御者と付き添いの侍女が扉を開け、現れた花嫁を見て感嘆のため息を吐いた。婚礼衣装を身に纏ったエレオノーラは、眩いばかりの美しさだった。

エレオノーラは、侍女に導かれるまま歩き出す。

『……もう、私に代わってって言わないのね？』

面白そうにジーナが笑って言った。そういえば、かつてそんなことを彼女にお願いしたことを思い出す。

あの時はルスランに嫌われたくなくて、けれど自分に自信もなくて、逃げ出したい一心でそんなことを言ったのだった。

この一年で、エレオノーラはルスランに甘やかされ、愛され、自信を少しずつ取り戻していた。

それに何よりも、ここでルスランと愛を誓うのは、自分自身でありたい。

——自分で頑張りなさい！

当時少々冷たいと思ってしまったジーナの言葉は、何も間違っていなかったのだ。

「ルスラン様に会うのも、実は久しぶりなの」

侍女に聞かれないよう、小声でエレオノーラはジーナに話しかける。

『あら？　どうして』

「……このところ、お忙しくて」

カリストラトヴァ公国と、宗主国であるリヴァノフ帝国との関係は日々悪化していた。かつて駐在していたことで、リヴァノフ帝国の情勢に詳しいルスランは、その折衝にあたっていた。

実は今回の婚礼も、情勢を鑑(かんが)みて延期すべきという声も上がっていたが、むしろこんな状況下だからこそ予定通りに行えと、彼の父である大公が後押ししてくれた。

確かに国際情勢は緊迫しているが、だからと言ってとうに発表されている婚礼を延期させることは、国民にいたずらに不安を与えてしまうだろうと。

そんなことを説明すると、ジーナは黙ってしまった。彼女の心が不安で揺れているのを感じる。

(何かあったのかしら)

聞いてみようと思ったところで、大聖堂の門の前に着いた。

左右の扉が、若き神官たちによって開かれる。大理石の床の上、真っ赤な絨毯がまっすぐに祭壇に向かい伸びている。その先に、愛しい男が立っていた。エレオノーラの顔が朱に染まる。

しばらく見ないうちに、やはり少し窶(やつ)れてしまったように感じる。

だが婚礼衣装を身に纏った彼は、どうしようもなく格好良かった。

今日から夫になる、愛すべき人。

やがて、ルスランの瞳がエレオノーラの姿を映し、そして甘く蕩けた。

その目に誘われるように、エレオノーラの足が自然と彼に向かって歩き始める。

ルスランの傍らに辿り着くと、彼の差し出した手に自らの手を重ね、神のもとに二人は寄り添った。

そんな二人を、エレオノーラの中でジーナは感極まった様子で見守っていた。


結婚式は無事に終わり、その後続いた婚礼を祝う宴の席も無事に終わった。

そして深夜、エレオノーラは夫婦の寝室に、心許(こころもと)ない様子で佇んでいた。

『ねえ、エレオノーラ。私、そろそろ帰るわね』

常に人に囲まれていたこともあり、これまでずっと話しかけられなかったのであろうジーナが、唐突に言った。

「え？　もう？」

久しぶりに会えたのに、とエレオノーラは思わず寂しげな声を上げてしまう。

『だって、流石に夫婦の時間に紛れ込むわけにはいかないわ』

そう言われて、エレオノーラは息を呑む。花嫁修業の一環としてエレオノーラは人並みに閨の知識を勉強していた。

口付けだけでも死ぬほど恥ずかしかったのだ。これから行われるであろうことは、とてもではないがジーナには見られたくない。それに話を聞く限り、彼女は自分と同い年の、未婚の女性なのだ。

「……わかったわ」

少し寂しくはあるが、エレオノーラは頷き、前回と同じようにジーナを体から弾き出す想像をする。そうすれば、ジーナが本来いるべき場所に戻れるだろうと思ったからだ。

それはやはり正しかったようで、少しずつジーナの気配が薄くなっていく。

『ねえ、幸せになってね。エレオノーラ』

「ええ、頑張るわ。ありがとうジーナ」

この一年エレオノーラは、「ごめんなさい」を「ありがとう」と言い換えるようになっていた。

ジーナの言う通り、それで物事が随分円滑に進むようになった。

そのことに気付いたのだろう。ジーナが笑う気配がする。

そして何か決意をしたのか、彼女は強い口調で言った。

『……やっぱり、嫌だわ。どうしても、嫌』

不穏な言葉に、エレオノーラは小首を傾げた。

『ねえエレオノーラ。あなたは絶対に、何があっても、この国から出ては駄目よ』

突然なんの話だろうか。結婚式の前にジーナが悩んでいた、何かの答えなのであろうか。

エレオノーラが疑問に思う間にも、ジーナは言葉を紡ぐ。声がどんどん遠ざかっていくので、エレオノーラは必死で耳を澄ました。

『この国から出れば、あなたは絶対に不幸になるわ。そして、ルスラン様にも、この国から出ては駄目だと伝えて……！』

「ええ？　どうして？」

『だって、そうしなければ――』

だが、その後に続いたであろう言葉は、聞き取ることができなかった。

完全にジーナの気配が途切れ、頭の中を静寂が支配する。

ジーナは一体何を知っていて、何を伝えようとしていたのだろうか。

エレオノーラの心を一抹の不安が襲った。

「――入るよ。エレオノーラ」

しかし、扉が叩かれ、夫となったばかりのルスランの声が聞こえたために、それらは全て脳裏から飛んで行ってしまった。

「は、はい！　どうぞ……」

蚊の鳴くような声で答えれば、扉が開かれ、ルスランが現れた。

「こんばんは、エレオノーラ」

彼もまた薄手のガウン一枚という姿だ。そしてなぜかその手には、色々な菓子が乗った皿があった。

その皿を見たエレオノーラの腹が、まるで挨拶に応えるように、くうっと小さく音を立てた。

「…………っ！」

恥ずかしさのあまり、またしてもエレオノーラの表情筋が働かなくなってしまう。

朝から婚礼の準備、婚礼本番、祝宴と立て続けで、その合間に何かを食べる余裕がなかった。緊張していたエレオノーラにはあまり自覚はなかったものの、実は空腹だったのだ。

エレオノーラの腹の音を聞いたルスランが吹き出して、楽しそうに笑った。それを見て、表情をなくしたまま、エレオノーラはさらに小さく縮こまってしまう。

「ふふっ……！　やっぱりね。お腹が空いていると思ったんだ。持ってきて良かった」

そう言ってルスランはエレオノーラに近づくと、彼女を寝台に座らせて、自分も皿を持ったままその横に座った。

「どれが食べたい？　僕としてはこの干し杏の乗ったバターケーキがお薦めなんだけど」

この宮殿の専属料理人、つまりはこの国有数の料理人が作ったものだ。きっとどれも美味しいのだろう。

エレオノーラは薦められるまま、バターケーキを一つ手にとって、口に運ぶ。

ホロリと口の中で崩れ、絶妙な甘みとバターの風味、そして杏の酸味が広がっていく。

思わず強張った顔が、緩んだ。

「ああ、やっぱり甘いものを食べている時の君は、本当に可愛いなあ」

バターケーキよりも甘く、ルスランが笑った。その顔を見て、エレオノーラの顔もまた熱を持つ。

「だからルスラン様は、いつも私に甘いものをくださるのですか？」

会うたびに菓子やら何やらを持ってきてはエレオノーラに食べさせていたルスランは、いたずらが成功した子供のような顔をして笑った。

「実はそうなんだ。普段あまり表情の動かない君が、幸せそうに笑ってくれるから」

自覚のなかったエレオノーラは驚く。

「ねえ、エレオノーラ。社交デビューした時のことを覚えてる？」

エレオノーラはこくりと頷く。

デビュッタントの白いドレスを身に纏い、父と共に大公主催の舞踏会に参加した。感嘆と羨望の眼差しの中、父が誇らしげに笑っていたことをよく覚えている。

「きっと緊張していたんだろうね。君は、舞踏会の間ずっと無表情のままで。せっかく美人なのに勿体ないなって思っていたんだ」

そう思っていたのは、きっとルスランだけではないだろう。それはエレオノーラがこれまで多くの人に言われてきた言葉だ。

――――笑え。媚を売れ。そうでなければ、お前に価値はない。

ぞくり、と体に寒気が走る。彼にだけは、そう思われたくなかった。心が軋む。

胸の痛みをこらえながら、がっかりさせてしまったのかと恐る恐るルスランの紫水晶の目を覗き込んだ。だが、そこにエレオノーラを責める色は見えない。

彼女を安心させるように、ルスランは笑った。

「実はね、仕事だから仕方なくヘラヘラ笑っているけれど、私も人付き合いはあまり好きではないんだ」

いつも人に囲まれているルスランしか知らないエレオノーラは、驚き目を見開く。とてもそんな風には見えなかった。社交を楽しんでいるのだとばかり思っていた。

「あ、疑っているのかい？　でも本当のことだよ。つまらない話に楽しげに相槌を打つのも、大嫌いな連中に笑顔を向けなきゃいけないのも、いつも反吐が出そうになるよ。仕事だから仕方なく頑張っているのさ」

得意げにルスランが言うので、つまり褒めて欲しいのかと思い、エレオノーラは彼の銀の髪にそっと手を伸ばし撫でてやる。すると、まるで猫のように目を細め、嬉しそうにルスランは笑った。

確かに短絡的な思考であったとエレオノーラは反省する。なんでもそつなくこなしているからといって、それが好きだと決めつけるのは、早計だ。得意なことと好きなことが同じとは限らない。

「だから、君のことを、不器用だなあって。もっとうまくやればいいのにって。ずっと気になっていたんだ」

「ごめんなさい。私、うまく、笑えなくて……」

エレオノーラは撫でる手を止め、下を向き、謝罪する。うっすらと視界が滲む。

すると、ルスランの温かな腕がエレオノーラに巻きつき、そっとその体を抱きしめた。

「そうして、ついつい君を目で追ってしまうようになってしまって。ずっと君を見ていたら、そのうち君が決して好き好んでそんな態度をとっているんじゃないんだってわかるようになったよ。だって、君は表情こそ乏しいけれど、その青い目は雄弁で、いつも寂しそうな目をしていたから。きっと、自分じゃうまく笑えないんだなって、そう思うようになった」

理解がなかったのはお互い様だったね、と言ってくれるルスランに、とうとう涙がこぼれた。なだめるようにルスランがエレオノーラの背を優しく撫でる。

「それである日、君がね、ふふっ。今思い出しても可愛くて可愛くて、つい笑ってしまうのだけれど、きょろきょろと周囲を気にしながら、父君の目を盗んで、並べられていたお菓子を一つ、急いで口に放り込むのを見てしまったんだ。まるで栗鼠（りす）みたいに」

エレオノーラは顔が真っ赤になるのがわかった。まさか、そんな場面をルスランに見られていたとは。

大嫌いな社交の、唯一の楽しみ。家では絶対に与えてもらえない甘いものを食べられる、わずかな機会。

「その時の君の顔といったら！　本当に幸せそうに蕩けた顔で笑うものだから、見とれてしまったよ」

ひとしきり笑った後、ルスランはひたとエレオノーラを見つめていった。

「その時に、いつも君にそんな風に隣で笑ってもらえたら、どんなにいいだろうって、そう思ったんだ」

その時はまだ、その抱いた感情が恋だと、ルスランは気付いていなかった。

けれど、その後すぐに、父である大公から命令が下り、リヴァノフ帝国に一年ほど駐在している際、思い出すのはいつもエレオノーラのその笑顔だった。

(彼女は、兄上と結婚するのだろうか)

彼女の父が、娘を次代の大公妃にせんと画策していることは、社交界でも有名な話だった。

(まあ、兄上と結婚しなかったとしても、あれほどの美女だ。もう結婚しているのだろうな)

そう思えば、ひどく胸が締め付けられた。きっとしているはずだ。していないわけがない。

ああ、なんて愚かなのだろう。今頃気付くなんて。

生国から、エレオノーラから、遠く離れて初めて、ルスランはこの感情が恋だと知った。

(――――ああ、でももし、帰国して、まだ彼女が一人でいてくれたなら)


「跪いて愛を乞おうと、そう思っていたんだ」


兄上が面食いじゃなくて本当に良かったよ、と。そんなことおどけて言うルスランを、エレオノーラは信じられない思いで見つめていた。

ルスランから大切にされているとは思っていた。けれど、そんなにも前から想われているとは思わなかった。

どれほどエレオノーラが無表情でも、彼は他の人たちのように、苛立ったり怒ったりはしなかった。不快な表情一つ見せなかった。今になって、その理由を知る。

「愛してる。エレオノーラ。君が妻になってくれて、私はとても嬉しい」

もう、こらえきれなかった。ボロボロと涙をこぼしながら、エレオノーラはルスランにすがりつく。

本当のエレオノーラを見つけてくれた、初めての人。

その人の妻になれたことが、とてもとても嬉しい。

――――この人のために、自分は何ができるだろうか。こんな自分を愛してくれた、この人のために。

「ルスラン様……。大好きです」

精一杯の想いを彼に伝える。拙い、幼い、けれども何よりも純粋な、愛の言葉。

ルスランは嬉しそうに笑って、エレオノーラの顔中に口付けを落とした。

そして、そっと彼女の体を寝台に横たえる。

結われていないエレオノーラの艶やかな黒髪が、白いシーツの上に扇状に広がった。

「ああ、本当に綺麗だ……」

手を伸ばし、エレオノーラのその白い頬に、ルスランは指を添えた。

エレオノーラも彼の頬にそっと指先で触れる。

そして、自然と顔が近づき合い、彼女の唇の上にルスランの唇が落ちてくる。優しく触れては離れるだけの口付けを何度も繰り返し、やがて食むように動かされる。

「ふっ……、あ……」

うまく呼吸ができずエレオノーラが小さく呻くと、ルスランは笑う。

「ほら、鼻で呼吸してごらん」

エレオノーラが意識して呼吸を整えると、ルスランはまた唇を重ねてきた。

その小さな唇を割り開くようにして、彼の熱い舌が入り込んでくる。初めての経験に驚いたエレオノーラは、固く目を瞑り、わずかに体を強張らせた。

ルスランがそんな彼女をなだめるように、優しく指先で髪を梳いてくれる。不思議と体がゆっくりと弛緩して、エレオノーラは彼の与えてくれる感覚を追う。

ルスランの舌が、エレオノーラのそれと絡まり合う。粘膜と粘膜が触れ合って、くちゅくちゅと卑猥な水音が小さく響く。

信じられないことをしているのに、頭がぼうっとして心地よい。

（気持ちいい……）

次第に自ら舌を動かして、彼の与えてくれる熱を求める。うっすらと目を開いてみれば、紫の目が欲を持って自分を捕らえていた。

ルスランは清廉な人だ。常に周囲に気を配り、エレオノーラに優しくしてくれる。だからこそエレオノーラは、今まで彼自身を怖いと思ったことは、一度もなかった。

それなのに今、ルスランの目を怖いと思ってしまった。自分を食らい尽くそうとする、獣の目のようで。

エレオノーラのそんな怯えに気がついたのか、ルスランは一度唇を離した。

離れゆく唇に、つうっと銀糸が引いた。それがなんともいやらしく恥ずかしくて、エレオノーラは思わず目を伏せた。

「……怖いかい？」

いつもの優しいルスランの声がする。だが、その裏に、なぜか焦りのような、余裕のなさを感じる。

エレオノーラにとって、ルスランはいつも完璧な人だった。そんな彼の今までにない声の響きに、エレオノーラはそっと目を開いた。

ルスランの体の下から、彼の顔を見上げる。やはりその表情にいつもの余裕はない。

彼にそんな顔をさせているという事実に、不思議とエレオノーラの心が高揚した。

「エレオノーラ……」

大好きなルスランの声が、許しを請うように、自分の名を呼ぶ。

「はい、ルスラン様」

真面目に答えれば、またルスランが笑った。本当は怖かったけれど、エレオノーラは笑った。

「怖くなんか、ありません。……あなたのくれるものならなんだって、私は嬉しい」

くうっとルスランが呻き、そして今度は荒々しく、食らいつくように唇を塞いだ。

さっきよりも容赦なく執拗に、ルスランの舌がエレオノーラの口腔内を嬲る。

「んっ、ふっ……あ」

あまりの激しさに、鼻で呼吸することもできず、必死でする息継ぎのたびに、口角から飲み込みきれなかった唾液がこぼれた。

やがてエレオノーラの口腔内をあばき切ったルスランの唇が、ゆっくりと下へと移動し、顎を辿り、首筋をたどる。舌を這わされ、時折吸い付かれてはチリッとした痛みが走る。

その一方で、彼の手が器用にエレオノーラの着ている夜着のリボンを解いていく。やがて大きく開かれた胸元から、真っ白で張りのある乳房がまろび出た。エレオノーラの腰は細いが、胸はふんわりと大きく膨らんでいる。まるで男の理想を具現化したような身体をしていた。

その乳房を、ルスランの大きな手が優しく包み込み、柔らかく揉み上げる。

くすぐったいような心地よさがあって、エレオノーラの呼吸が上がる。やがてその中心部にある先端が色を濃くし、ツンとした軽い痛みとともに、硬く勃ち上がった。

鎖骨に吸い付いていたルスランが、一度顔を上げ、そしてエレオノーラの身体を見て、眩しそうに目を細める。

「ああ、想像していた以上に美しいな」

そう言って、その頂にちゅうっと音を立てて吸い付いた。舌で舐め上げ、軽く歯を当てて甘噛みをする。

「んっ‼」

これまで知らなかった強い快楽に、エレオノーラはびくりと体を震わせる。こんな場所が、こんな風に感じるなんて知らなかった。

ルスランは、もう一方の頂も指の腹で強弱をつけながら撫でたり、つまみ上げたりして弄ぶ。その度に甘い痛みとともに、きゅうっと下腹部が締め付けられるような、不思議な感覚に襲われる。

エレオノーラの体が何かを求めていた。だが無垢な彼女にはそれが何かはわからない。

胸をいたぶられて、初めて味わう感覚に翻弄され。気がついたら腰に引っかかっている状態の夜着を剥ぎ取られ、その下の下着すらも剥ぎ取られ、エレオノーラは生まれたままの姿で寝台にいた。

慌てて体を隠そうとするが、ルスランの体で押さえつけられていて、動くことができない。

「ルスラン様……。恥ずかしいです……、せめて明かりを消してください」

必死の思いで懇願するが、ルスランはにっこり笑ってその願いを黙殺した。

「隠す必要なんてないだろう？　こんなにも綺麗なのに」

そしてルスランは大きくエレオノーラの脚を、自らの腕で左右に大きく割り開いた。

「きゃあっ！」

これまで誰にも見せたことのない秘部に外気を感じ、エレオノーラは悲鳴を上げる。

ルスランは自らの体をエレオノーラの脚の間に滑り込ませ、閉じられないようにしてしまうと、自らもガウンを脱ぎ捨てた。

その幼げな顔立ちから、勝手に華奢な想像をしていたのだが、初めて見たルスランの体は、程よく筋肉がついた男性らしい体だった。

薄暗いランプの明かりの中、その均整のとれた美しい体に、エレオノーラは思わずじっくりと見とれてしまう。

「そんなにじっと見られたら、流石に恥ずかしいかな」

先ほどまで自分だって散々エレオノーラの体を眺めていたくせに、ルスランはのうのうとそんなことを言う。彼に、はしたない女だと思われたかもしれないと、その言葉を素直に受け止めてしまったエレオノーラは悲しくなってしまった。

「ごめんなさい……」

目を潤ませて詫びれば、ルスランは慌てて首を振る。

「違う。そんな意味じゃなかったんだ。いくらでも見たっていいんだよ。私はもう君のものなんだから」

自己肯定感の低いエレオノーラに、言葉責めはまだ早かったとルスランは反省する。

そして彼女の手を取ると、自分の裸の左胸へと触れさせた。

「ほら、わかる？　君に触れることができて、私はこんなにもドキドキしているんだ」

手のひらから、ルスランの早い鼓動を感じる。それをさせているのは、エレオノーラなのだ。

「私は、君のことが欲しくて欲しくてたまらないんだよ」

エレオノーラの眦から、一筋涙がこぼれ落ちた。彼が望んでくれることが、たまらなく嬉しい。

「……私も、ルスラン様が欲しいです」

だからこそ、意味がよくわからないなりに、幼い（いとけな）言葉でそう返せば、ルスランが顔を真っ赤にした。初めて見た彼の赤面に、ジーナは目を丸くする。

「……天然って、怖いな……」

ルスランは何やらしみじみ呻くと、「煽った責任を取って」などと言って、ジーナの足の付け根へと指を伸ばした。

それから、慎まやかにぴったりと閉じている割れ目を、そっと指の腹で辿る。

「やっ……！　ああっ！」

そして、その割れ目を指で押し開くと、そこにすでに湛えられていた透明な蜜が、とろりとこぼれた。

ルスランは指先でその蜜をすくい上げ、その蜜が湧き出た場所のすぐ上にある、小さな尖りに塗りつける。

「ひっ！」

これまで感じたことのない強い快楽に、エレオノーラは大きく体を反らせた。

ぬるぬると指先でその敏感な尖を指の腹で撫で回す。その度に快感が少しずつ少しずつ蓄積し、エレオノーラは追い詰められていく。

「やっ、ルスラン様……！　なにか、くるの……！　あ！　んんっ」

駄々をこねるように首を振り、喘ぎながら震えるエレオノーラの唇に、またルスランの唇が降りてくる。

だらしなく小さく開いたままの唇の隙間から、ルスランの舌が入り込み、角度を変えながら、深く吸い付かれる。追い詰められ、溜まっていく甘い疼きが決壊を求め、エレオノーラの下肢をガクガクと震えさせる。

「────っ！」

そして、ルスランに硬く勃ち上がったその花芯を、ぐりっと一際強く押しつぶされた瞬間、エレオノーラは絶頂に達してしまった。

甘い疼きが足のつま先まで走り、ルスランの腕の中で二度、三度と体を跳ね上げさせる。

その大きな波が完全に去るまで、ルスランは強くエレオノーラを抱きしめてくれた。

「うん、上手。気持ちよかった？」

耳元でルスランに褒められて、朦朧とした中でエレオノーラは微笑む。そんな彼女の表情を見て、ルスランは息を飲んだ。

そして彼は、絶頂したことで、さらに溢れ出たエレオノーラの愛液を指に纏わせると、蜜口につぷりと入り込ませた。

初めて味わうその異物感に、朦朧としていたエレオノーラの意識が一気に戻る。本当にそんな場所に穴があるのだと、体が硬直してしまう。

「え、ああ……っ」

「やっぱり狭いな……。少しずつ、慣らすね」

ルスランはゆっくりと第一関節程度だけを蜜口に出し入れさせる。最初は緊張してその指を追い出すように締め付けてしまったが、繰り返されるうちに慣れてきた。それを見計らって少しずつ深く深く指が沈められていく。

やがてその根本までが膣内に全て埋め込まれた時、異物感しかなかった中にわずかに悦楽が混じり出していた。

そのまま中を探るように出し入れされ、彼の指先がとある一点に触れた時、エレオノーラは大きく体を反らした。

「ここかな」

そしてルスランは、その場所を執拗に嬲り出す。

「やっあ！　あああ！　やあああっ！」

エレオノーラが上げる嬌声を、彼は楽しそうに聞いていた。

「も、ゆるして……！　おかしくなっちゃ……」

するとルスランはにっこり笑って、むしろ指を一本増やし、同時に花芯を親指の腹でグリグリと押しつぶし始めた。

「ひっ！　やっ……！　やあああああっ！」

一気に追い込まれたエレオノーラは、そのまま二度目の絶頂の波に飲み込まれ、高い声を上げ、大きく体を震わせた。

余韻で頭が真っ白になる。朦朧としていると、大きく脚を割り開かれ、ルスランがのしかかってきた。ひくひくと小さく痙攣(けいれん)を繰り返す蜜口に、熱く猛ったもの当てられる。

「エレオノーラ、いいかな？　……君が欲しいんだ」

懇願の声に、エレオノーラはうっすらと微笑み、頷いた。

「……ください。ルスラン様の、ものになりたい」

するとルスランはエレオノーラを強く掻き抱いて、腰をゆっくりと進めた。

指よりもはるかに大きい質量が、みっちりとエレオノーラの中に入り込んでゆく。

「うっあ……！」

深くなるたびに、エレオノーラは嬌声というよりは、呻き声のような声を上げてしまう。

その度に心配そうに動きを止めてしまうルスランの、優しさが嬉しい。

「だいじょうぶ、です。続けてください」

何かを耐えるように、苦しそうな顔をしているルスランの頬をそっと撫でる。

「すまない……、もう少し耐えてくれ」

彼の声に一つ頷いて、エレオノーラは少しずつ埋め込まれていく熱杭を、必死に呼吸を整えながら受け入れる。

じんじんと熱を持った痛みに、思わず腰を引いて逃げてしまいたいのに、欲しいものは、求めていたものは、間違いなくこれであると本能が告げていた。

やがて一際狭い場所を越え、ルスランの全てを飲み込む。

「これで、全部だ」

「……はい」

接合部は痛いし、限界まで脚を広げているため股関節も痛い。それでもエレオノーラは満たされていた。

こんなにも求められていることが幸せで、視界が滲む。

「痛いだろう。ごめんね……」

痛みに泣いていると勘違いしたルスランが、指でエレオノーラの涙を拭う。エレオノーラは違うのだと小

さく首を振った。

「慣れるまでしばらくこのままでいようか」

ルスランは、余裕のない顔で、余裕のあるようなことを言う。エレオノーラは笑ってしまった。

この人は、いつだって人に気付かれないように、たくさんの我慢をしているのだ。

（――困った人）

だからせめて、私くらいには、わがままを言ってほしい。

「いいんです。好きにしてください。わたしは、あなたのものですから」

ルスランは困ったように眉根を寄せ、小さな声で「すまない」と囁くと腰を引いた。

そこにあった圧迫感が失われ、思わずエレオノーラが全身の力を抜き、息を吐いた次の瞬間。また腰が打ち込まれて、奥まで一気に貫かれる。

「ひっ！　ああっ‼」

拓かれたばかりの蜜道が、その限界まで拡げられ、蹂躙される。

「あああっ！　やあっ！　あああああ！」

快楽というよりは、その衝撃で声が上がる。

先ほど指で暴かれたエレオノーラの弱い場所を的確にえぐるように、何度も抽送がなされた。

「ああ、エレオノーラ。可愛い」

エレオノーラの痛みを紛らわすように、優しい口付けの雨が降る。その度に不思議と痛みが軽減され、わずかにあった快感が、増えていくような気がした。

この感情を彼に伝えたいと思った。泣きたいくらいにこみ上げる、愛しさを。

「ルスランさま……。あっ、ルスラン……さまっ」

切れる息のなかで、必死に彼の名を呼ぶ。そして汗ばんだ彼の体にすがりつく。

「――――っ！　エレオノーラ、愛している……」

長くも短くも感じる嵐のような時間の後で、ルスランは愛の言葉とともにエレオノーラを強く掻き抱いて、彼女の最も深い場所でその熱を解放した。

胎内で彼の脈動を感じ、エレオノーラはまた幸せな涙を流す。エレオノーラの全身に、これまで感じたことがない充足感があった。

そのままぼうっとしていると、やがて荒い呼吸を整えたルスランが、繋がったままで身を起こし、彼女を労わるように口付ける。

頬を寄せ合い、少しだけ恥ずかしそうに微笑み合う。

ルスランの大きな手が、汗で重くなったエレオノーラの髪を優しく撫でる。地肌を滑る彼の指先が心地よくてうっとりと目を細める。

そのままエレオノーラは闇に引きずり込まれるように、ルスランの体に包まれ深い眠りに落ちた。

「……ん」

差し込む日の光を瞼に感じエレオノーラが目を覚ませば、すぐそばにルスランの寝顔があった。

「――っ」

驚いて起き上がり自分が一糸纏わぬ姿であることに気付き、一体何があったのかと混乱し、そして昨日彼と結婚したのだという事実に思い至る。

それから共に過ごした夜のことを思い出し、身悶えする。未知の世界であった。夫婦として当たり前のことをしただけなのに、とんでもないことをしてしまった気がする。

体が自分のものではないように重い。股関節と、口には出せない場所が、わずかに痛む。

だが、汗やその他諸々でベタベタだったはずの肌が、すっきりしているところを見ると、どうやらルスランに清拭させてしまったようである。何もかもが恥ずかしくて死にそうだ。

（でも、これで私、ルスランさまの妻になれたんだわ……）

嬉しくて、嬉しくて。思わずバタバタと暴れ出してしまいたくなるような、きゅんと甘くて、くすぐったい感覚がエレオノーラを満たす。

自分の隣で、満たされた顔で眠るルスランが、どうしようもなく愛おしい。

朝の光の中、エレオノーラはただ夫の顔を見つめていた。

初めて本当の自分を見つけてくれた人。初めて自分を選んでくれた人。

――エレオノーラの、すべて。

滑らかな彼の頬に、そっと口付けを落とす。

さあ、彼のために、生きるのだ。彼が、自分を必要としてくれる限り。

エレオノーラは幸せに満たされていた。彼のためなら、なんだってできると思った。

その決意が後に悲劇的な事態を引き起こすなど、知らずに。

そして、幸せとはいつだって薄氷の上にあるものなのだということも、知らずに。

# 第六章　選択の時

（……馬鹿だわ。私）

暗闇の中でジーナは自嘲する。だが不思議と後悔はなかった。

エレオノーラがあのまま幸せでいるためには、リヴァノフ皇帝に見初められなければいい。

そうすれば、彼女はルスランの傍らで、幸せな一生を送れるはずだ。悪女として歴史に名を残すこともなく。ただの一人の女として、幸せに暮らせるはずだ。

だが、そうしたら、ジーナが生きるカリストラトヴァ王国自体が存在しなくなる可能性がある。

歌劇を見る限り、主人公であるルスランが打倒リヴァノフ帝国に動き出すのは、妻を皇帝に奪われたことが原因だ。

ひどい頭痛と耳鳴りの中で、ジーナが辛うじて覚えている物語（ストーリー）によれば、ルスラン公子が外交中、リヴァノフ皇帝の不興を買い帝国に囚われてしまい、エレオノーラはこれ幸いと夫の解放の嘆願を名目に、皇帝に謁見を求める。興に乗った皇帝はエレオノーラと会い、そこで彼女を見初めるのだ。

計算通り夫ルスランの解放と引き換えにエレオノーラは皇帝の愛妾となり、帝国は破滅への道を辿ることになる。

つまりそれがなくなれば、リヴァノフ帝国は存続することになり、下手をすればカリストラトヴァはそのまま帝国に滅ぼされ、歴史が変わってしまう可能性がある。

そうしたら、自分は一体どうなるのか。

エレオノーラの中に入ったジーナは、ぐるぐると堂々巡りの思考に飲まれていた。自分がどうするべきなのか、答えが、見えない。

だが、ルスランと結ばれて幸せそうなエレオノーラを見て、どうしても彼女が不幸になることが許せないと、そう思ったのだ。

男たちの身勝手な欲望の前に、犠牲になるのはいつも女なのだと。直前にそんなイヴァンカの悲痛な叫びを聞いたからだろうか。エレオノーラを、このままルスランのそばにいさせてやりたかった。

答えがわからないとき、ジーナは自分の心のままに動くことにしている。そうすれば、間違ってしまったときの後悔が、比較的少なくて済むと知っているからだ。

だから、エレオノーラの体から出て行く最後の瞬間に、ジーナは彼女に助言をした。

――――決してこの国から出るな、と。

自分たちの時代が変わってしまうかもしれないと知りながら、それでも。

（……もし歴史が変わってしまっても。私は存在するのかしら）

この発言で、もう元の世界には戻れなくなってしまったかもしれない。家族にも、アルトゥールにも二度と会えないのかもしれない。

そんな恐怖の中で覚悟を決めて、ジーナはエレオノーラの体を離れたのだ。

魂だけの存在になれば、何かに引き寄せられるような、懐かしい感覚と共に意識が浮上する。

全身の感覚が自分のものになり、目を閉じたままでも自分が体を取り戻したことを実感する。感じるのはわずかな馬車のゆれ。そしてすぐそばにある大好きな、馴染み深い温もり。ジーナは思わずそれに体を擦り寄せた。

驚いたように、その温もりがびくりと大きく震える。

「……ジーナ？　起きてしまったのか？」

そして耳元に落とされたそんなアルトゥールの声で、ジーナはゆっくりと瞼を開く。ひどく体が重かった。

彼が労わるようにジーナを見つめる。ジーナは手を伸ばし彼の頬に触れた。

温度が、指先に伝わる。するとアルトゥールがくすぐったそうに笑って、ジーナの手を握りその甲に口付けを落とした。

どうやら、歴史は変わっていないようだ。自分と、アルトゥールの立場もまた変わっていない。

（――やっぱりただの夢、なのかしら）

あまりにもその夢が現実的すぎて入り込んでしまっているけれど、ジーナとエレオノーラとのやりとりを証明できるものなど、何一つないのだ。

そもそも魂だけであっても、時間を超えるなど非現実にも程があるだろう。

深い安堵と同時に、なんとも言えない後味の悪さが胸の中に広がった。

――――つまり、エレオノーラは。

「……私、どれくらい寝ていたの？」

「ああ、半刻くらいだが」

「……たった？」

ジーナは驚く。エレオノーラの中で半日以上の時間を過ごした、その体感が残っているのに、実際に眠っていたのはたったの半刻。――――やはり、これはただの夢なのだろう。

「どうした、ジーナ。顔色が悪いぞ」

「……ごめんなさい。変な夢を見ていたの」

そしてジーナは自らの腰に手を回す。指先と指先の距離が遥かに遠い。今日も普段通りの立派な太さである。こんなことで現実を確認したくなどないが。

そんなジーナの行動を、アルトゥールが怪訝そうに見ている。ジーナは慌てて言い訳をした。

「ええと、少し痩せたような気がして確認してみたのよ。でも何も変わっていなかったわ」

「……食べているからな。動いている様子もないし。痩せることはないんじゃないか」

「…………」

妙な沈黙が走った。素直な言葉は、そして真実は、時に残酷に人を傷つけるのである。

するとジーナの怒りと冷ややかな視線に気付いたのか、アルトゥールが焦って取り繕う。

「いや、もちろん無理に痩せる必要などないぞ。ジーナは今のままでも十分魅力的だからな。俺はそのままの君を愛している！　というか、むしろ痩せられたら少し寂しい。そのもちっとした感触がくせに……いや、もちろん痩せても君に対する愛は変わらないが」

慌てて必死に釈明しながら盛大に自爆しているアルトゥールが面白くて、思わずジーナは声を上げて笑ってしまった。

次の日、いつものように学園に行き、いつものようにアルトゥールに捕まり、そして彼に手を引かれて一年生の教室に入る。

するとやはりいつものようにヴェロニカが「おはよう！」と手を振ってくれた。その姿に思わず目頭が熱くなった。日常とは尊いものである。

しかし一つだけいつも通りではないものがあった。教室を見渡すと、平素は辺境伯家の双子と仲良く過ごしているイヴァンカが、一人で席に座っていた。

王太子の取り巻きをやめてしまえば、もう彼女にはこの学園に居場所がなかった。周囲からくすくすと嘲笑が漏れる。

「あの子、王太子殿下の不興を買ったらしいわよ」「何をしでかしたのかしら」「いい気になっているからよ」

次々に発される、聞き苦しい言葉。王太子の庇護を失ったイヴァンカに、周りは冷たかった。

もとより嫉妬心を抱いていた女生徒たちだけではない。王太子の不興を買った者とあっては今後の社交に関わるからだろう、男子生徒も遠巻きに彼女を眺めている。

だが、イヴァンカは唇を噛み締めながら、それでも凛と、まっすぐに前を向いていた。

間違いなくその嘲笑は聞こえているはずなのに。

(――――ああ、格好良いなぁ)

ジーナ自身、これまでイヴァンカに対し、あまり良い心象を持っていなかった。イヴァンカは生きるのが楽そうだ、などと、勝手に思い込んでいた。

けれど、外から見ただけで決めてはいけないものなのだと、改めて思い知った。彼女たちが教えてくれたのだ。

ジーナは隣の親友に声をかける。

「ねえ、ヴェロニカ。一つ提案があるのだけれど」

「あら? 奇遇ね。ジーナ。私も一つ提案があるのよ」

「巻き込むのは悪いから、無理だったら言ってね。私一人で行くわ」

「そう。これまた奇遇ね。まったく同じことを私も考えていたわ。ここはいっそ、お互いに考えていることを同時に言ってみない?」

二人で目を合わせて、笑ってみせる。流石は幼き頃からの親友である。考えていることが似ている。答えをわかっていながら、せーので言ってみる。

「『イヴァンカの隣に行っていい?』」

やはり一言一句全く同じだ。「友よ！」と互いに抱き締め合い、声を上げて笑いあった後、連れ立ってイヴァンカの元へと向かう。

突然近寄ってきた二人に、イヴァンカが怪訝そうな顔をした。

「ねえ、イヴァンカ。あなたの隣に座ってもいいかしら？」

ジーナの言葉に、イヴァンカの眉間にくっきりと深い皺が寄る。可憐な美少女顔が台無しである。もう少し仲良くなれたらぜひその眉間の皺を指の腹で引き伸ばしてやりたい。

「……哀れみなら、いらないわよ」

（イヴァンカ様最高！）

寸分のずれなく、想定した通りのツンとした態度に、やはりジーナとヴェロニカの心は一つだった。

「あなたを哀れむほど人間できていないわよ。ただ私はあなたと仲良くしたいの」

ジーナは笑って言う。ヴェロニカもまた笑って言った。

「私も！　あなたのこと、格好良いって思ったんだもの」

哀れみではなく、ジーナとヴェロニカは純粋に、ただ彼女と友達になりたいのだと伝える。

するとイヴァンカは呆れた顔をして、肩を竦めた。

「あんたたち、馬鹿じゃないの？　……好きにしたら？」

「はい！　好きにさせていただきます！」

そしてジーナとヴェロニカで、辺境伯の双子と同じようにイヴァンカを真ん中に挟んで座った。

授業中、明らかに並びがおかしいだのなんだのと、イヴァンカは文句を言っていたが、それでもどこか嬉しそうで。

ジーナとヴェロニカは、彼女が一気に好きになってしまった。

その後、生徒会の面々を気にする級友(クラスメイト)たちには三人揃って遠巻きにされるようになったが、特に不便もなく、怖いものもなかった。

友達は、多いければいいというものではない。三人でいれば、大概のことがなんとかなる。

イヴァンカは王太子にまとわりついていた頃よりもずっと楽しそうに、生き生きと日々を送っている。おそらくこれが彼女の本来の姿なのだろう。そのことも、嬉しい。

アルトゥールから、王太子を始めとする生徒会の皆様は、これまでのイヴァンカへの姿勢を反省しているらしいと聞いたが、興味もないのでどうでもいい。

女の子は案外強(したた)かで、切り替えが早い生き物なのである。

「ジーナ！　あんたはもっと見た目に気をつけなさい！　よく見りゃ顔は悪くないんだから、そのたるんだ体をなんとかして！」

授業が終わった放課後、友達同士での会話は止まらない。そして今日もイヴァンカ様は厳しい。そんなところも大好きである。

「アルトゥール様にだって、そんなザマじゃそのうち捨てられるわよ！」

「アルトゥール様は、このどこまでも沈んでいくような肌の感触がたまらないっておっしゃっているんですぅ」

「そうそう、あのふかふかとした肌の感触はたまらないのよねー」

ちなみにヴェロニカの婚約者はぽっちゃり系男子である。アルトゥールと気が合いそうだ。

「そんなのお世辞に決まってるでしょー！　大体あんたたち結婚前に何してるの⁉」

「あら？　イヴァンカったら案外清純派……？」

ハッとしたようにヴェロニカが口元を押さえると、イヴァンカは腕を組み、憤然として言う。

「あのアホ王太子はやたらと手を出そうとしてきたけれど、絶対に肌は許さなかったわよ。当たり前でしょう？　あんたたちも結婚まではしっかりと身持ちを硬くしておきなさい。男は身勝手なんだから！　傷物にされた上に捨てられたなんてなったら、目も当てられないわよ！」

「そんな風に私たちの心配をしてくれるイヴァンカ様大好きー！」

「大好きー！」

「ち、違うわよ！　心配なんてしてないわ！　いい加減にしてちょうだい！」

ジーナとヴェロニカの最近の楽しみは、こうしてツンツンするイヴァンカをからかうことである。

女の子は三人集まれば姦しいのである。そして、悩みだって共有する。

「そういえば、イヴァンカは卒業したら、どうするの？」

結局、彼女の結婚問題は何ら解決していない。

イヴァンカは廊下を歩きながら沈黙していたが、ややあって口を開いた。

「……伯爵との結婚。前向きに考えようと思って」

そんなイヴァンカの悲壮な覚悟に、ジーナとヴェロニカの涙腺がぶわっと一気に緩む。

「「イヴァンカ……！」」

「だって老人ってことは、とっとと死ぬでしょ？　死んだら出来る限りその財産をむしり取ってやるのよ。それを元手に商売でもやろうと思って」

「…………」

一瞬でも流しかけた涙を返してほしい、とジーナとヴェロニカは思った。流石のイヴァンカ様である。逞しいことこの上ない。当のイヴァンカはフフンと笑って、優雅に髪を掻き上げる。

「こんなにも若くて可愛いあたしの貴重な時間をあげるんですもの。それくらいのことは当然でしょう？」

「一瞬でも心配した私どもが馬鹿でした」

「いっそ、体に悪い食事ばかり摂取させて、老い先短いその寿命をさらに削ってやるってのもいいわね」

「怖い！　怖いです！　イヴァンカ様！」

それから三人で顔を見合わせ、ケラケラと笑い出した。

「第二の人生は宝石商になろうと思うの。あたし、宝石が好きだから」

「いいんじゃない？　伯爵未亡人の宝石商。なんかこう、滾るものがあるわ」

「というわけで、せいぜい伯爵のところで目を肥やすわ！　貢がせられるだけ貢がせるわよ」

「イヴァンカ様！　最高です！」

「ジーナ、あんた未来の侯爵夫人なんだから、あたしが商売始めたら買いなさいよ！」

「えーっ⁉」

友達、というのは最高だとジーナは思う。

こうして友と楽しく過ごしていると、ふとした瞬間、泣きたくなるのだ。

きっと人生は色々難しくて、そして辛くて苦しいことがいっぱいで。

それでもこうして友と、それらを笑い飛ばせる時間があって。

こんな時間が欲しいと。そう願った少女がいたのだ。――かつて、この胸の中に。

校舎を出て、待っていた人物を遠目に見つける。ジーナは微笑み、口を開いた。

「……でもまあ、未来が本当にどうなるかなんて、わからないものよね。イヴァンカ」

突然の真面目なジーナの言葉に、イヴァンカが怪訝そうな顔をする。

それからジーナの視線を追い、その先にいるアルトゥールと、彼と共にいる人物に驚き、目を見開いた。

「殿下がね、どうしてもイヴァンカに話したいことがあるんですって」

いつもヘラヘラしている王太子が、真面目な顔をしてまっすぐにイヴァンカを見つめている。

随分と緊張しているらしい。真っ白になるほどに、その拳を握りしめている。

「え？　なんで？　どうして……？」

いつも女王様のように堂々としているイヴァンカが、彼を見つけてひどく動揺しているのがまた楽しい。

大嫌いと切り捨てながら、イヴァンカの目が、時折寂しげに王太子の姿を追うことにジーナたちは気付いていた。

あの日、彼のことはどうでもいいと言いながら、痛みを堪えるような顔をしたことも。

本当はこんな機会を与えてやるつもりはなかったのだが、あの王太子が、ジーナに頭を下げたのだ。

どうしても、もう一度イヴァンカと話がしたいと。

「それじゃまた明日ね！　イヴァンカ！」

「ちょ、ちょっと！　待って二人とも……！　この！　裏切り者ぉぉぉ……！」

イヴァンカの悲痛な声がしたが、ジーナとヴェロニカは涙を呑んでその場を後にした。我ながら薄情な友人である。だがまあ、王太子が勢い余って変なことをしないように、見張りとしてアルトゥールをつけてきたし、衆目がある中であれば、軽率な振る舞いはしないだろう。

二人は顔を見合わせ、ふふっと笑い合った。

「まさか殿下が、イヴァンカのために隣国の王女との婚約を解消するとは思わなかったわ」

「なんでも相手の王女様にも、国に恋人がいたらしいわ。だからお互い様ということで、婚約はあっさりと解消されたみたいよ」

隣国のお姫様も、あの阿呆王太子が嫌だったのかもしれない。

「それに殿下はああ見えて素直で、思い込んだら一直線なんだってアルトゥール様がおっしゃっていたわ」

だから、アルトゥールも王太子殿下のことを、なんだかんだと見捨てられないのかもしれない。

毎日のようにアルトゥールから厳しく叱られながらも、彼を厭うことなく素直に受け入れる王太子を思い出し、ジーナは少し笑ってしまった。あれはあれで大物なのかもしれない。

「今の国王陛下と王妃様も実は恋愛結婚らしいのよ。しかもこの学園に在籍中に、互いに婚約者がいる身で恋に落ちたんですって」

「そりゃあ、息子の恋路に文句をつけられないわね」

ジーナは空を見上げ、意地っ張りで強かで、そのくせどこか情にもろいイヴァンカの恋路を思う。

「イヴァンカはちょっと考えなしで思い込みの激しいところがあるけれど、状況によって猫を被ることもできるし、行動力もあるし、さらには度胸もあるし。あの甘ったれた王太子殿下の性根を叩き直すには、いい人選かもしれないわ」

彼女の未来が少しでも良きものになるよう、ジーナとヴェロニカは祈りながら笑い合った。

その後、一緒に帰ろうというヴェロニカの誘いを断り、ジーナは学園内にある図書室へと足を向ける。

このところ放課後は大体アルトゥールにまとわりつかれていて、なかなか自分の時間を作ることができずにいたのだ。よってアルトゥールがいないこの時間は良い機会だ。

（……ただの夢、だとは思うのだけれどね）

それでも、目が覚めたらすぐに内容が消えていってしまう他の夢とは違って、その夢はいつまでも鮮明に記憶に残り続けていて。

エレオノーラのことがどうしても気になってしまい、前々から調べてみようと思っていたのだ。

(――――念の為よ。念の為)

なんらかの課題でもなければ滅多に行くことのない図書室に入り、これまで全く興味のなかった歴史書の本棚の前に立つ。

(でも、どれから探してみればいいのかしら……)

目の前に並んだ難解な題名のついた重厚な本の背表紙を見つめ、ジーナは呆然とする。

とりあえず、手始めに人物辞典の背表紙を引く。そこからエレオノーラの項目を探す。

そしてやっと見つけたエレオノーラ……この名前だけでも歴史上の人物が何人もいるのね)

(エレオノーラ……エレオノーラ・ラリオノヴァの名前を指で辿り、その解説文を読む。

「えーと、カリストラトヴァ公国第三公子ルスランの妻にして、後にリヴァノフ帝国最後の皇帝パーヴェル三世の妾妃となる。享年……二十二歳……」

その数字に、ジーナは気が重くなった。あまりにも若い。やはり歴史は変わらなかったようだ。夢なのだから、当たり前のことなのだが。

なんとか気を取り直し、当時の様子がもう少し詳しく書かれたものを探す。

もっと真面目に勉強をしてくれればよかったと後悔しつつ、難しい古語混じりの歴史書を必死に解読していく。

すると、あの歌劇『エレオノーラ』は、随分と事実を歪められて書かれた作品であることがわかってきた。

所詮は娯楽用の作品に過ぎない。観客を惹きつけるため、誇張や派手な演出がなされたのだろう。

（外交に携わっていた彼女の夫であるルスラン公子が、リヴァノフ皇帝の不興を買い、リヴァノフ皇宮にて拘束され、投獄されたことが全ての始まり……）

どうやらここらの事情は歌劇とあまり変わらないようだ。文を指で辿りながら、ジーナの視界が歪む。慌てて瞬きを繰り返し、視界を明瞭にする。

そしてエレオノーラは夫の解放を望み、リヴァノフ皇帝の前で慈悲を乞う。

（そうよ……。あの子はそういう子だった）

決して自らの栄華のために男を誑し込み、利用するような娘ではなかった。

夢の話なのだと自分に言い聞かせながらも、ジーナは夢の中のエレオノーラを否定することが、できない。すっかり彼女に感情移入してしまい、どうしてもこの感覚から抜けられないのだ。

その美しきルスランの妻をリヴァノフ皇帝は見初め、ルスランの解放と引き換えに彼女を望んだ。

エレオノーラは愛する夫のため、それを受け入れる。ルスランは妻の犠牲のもとに、約束通り解放された。

――――そして、復讐に燃えるルスランは、その外交能力で密かに従属国四カ国連合を立ち上げる。

時が満ちるとリヴァノフ帝国に反旗を翻し、連合国軍を率いて同帝国を侵攻。滅亡させると、皇帝とその寵妃であるかつての妻を処刑し、雪辱を果たすのだ。

読み進めていくうちに、なぜだろうか。ジーナの全身が緊張し、心臓がぎゅうぎゅうと締め付けられるように痛み出す。これ以上はやめておけと、頭の中で何かが警鐘を鳴らす。

まるで、開けてはいけない箱を、開けようとしているような。

「……ジーナ」

その時、突然背後から声をかけられ、驚いたジーナは飛び上がる。膝に乗せていた資料が床に落ちて、大きな音を立てた。

慌ててしゃがみこみ、散らばった本をかき集めてから、恐る恐る後ろを振り向けば、そこにはひどく不機嫌そうな顔をした、アルトゥールがいた。

「君が図書室にいるなんて、珍しいな」

「……そうかしら？　私にだってそんな気分の時はあるわ。アルトゥール様はどうしてここに？」

「……君がまだ家に帰っていないと聞いてな。校舎中を探し回ったよ」

「それはお疲れ様でした……」

アルトゥールは常にジーナの居場所を把握していないと落ち着かないらしい。少々息苦しいが、それほど実害はないので、そっとしている。

「それで、君はここで何をしているんだ？」

「……別に。なんだっていいでしょう？　私にだって色々あるのよ」

なぜかこうして歴史を調べていることをアルトゥールに知られたくなくて、ジーナは誤魔化すように素っ気なく言った。

案の定、アルトゥールはジーナの手元にある本に視線をやると、眉間に皺を寄せる。ジーナは慌てて本を、本棚の元あった場所へと戻した。

「……公国時代の歴史書か」

「ええ。この前校外授業で観劇した歌劇『エレオノーラ』の史実が知りたくて――」

「……そんなことを知って、どうするんだ」

アルトゥールの眉間の皺がさらに深くなる。そういえば彼は前から歌劇『エレオノーラ』が嫌いだと、この世から消してしまいたいと明言していたこと思い出す。

何と説明したらいいのかわからず、ジーナは口をつぐんだ。

そんな彼女を見て、アルトゥールは一つ大きなため息を吐くと、手を差し伸べた。

「……もう、遅い。家まで送るから、帰ろう」

窓の外はいつの間にか暗くなっていた。夢中で資料を読んでいたため、気が付かなかった。

（……また、今度機会を見つけて、調べてみればいいわね）

あまり帰宅が遅くなっては、家人に心配させてしまうだろう。何よりも家人にこれ以上アルトゥールへ疑いを持たせてもいけない。婚約者とはいえ、夜遅くまでジーナを連れ出していると思われるのは、外聞が悪い。

ジーナは素直に頷いて、アルトゥールが差し出した手に自らの手を重ねた。

だが、図書室を出たアルトゥールがジーナの手を引いて向かったのは学園の校門ではなく、さらにその奥深くにある、学園長室へ続く廊下だった。

「アルトゥール様……？」

まだ一年生でごく一般の生徒であるジーナは、こんな学園の中枢部に入ったことはない。不安になり、彼の名を呼べば、アルトゥールは感情の読めない声で言った。

「……なあジーナ。君は、公国時代のことが知りたいと言ったな」

「……ええ」

やがてその廊下に飾られた一枚の絵の前で、アルトゥールが足を止める。つられてジーナも立ち止まる。

「かつて、このフェリシア学園の前身であるフェリシア離宮に、歌劇『エレオノーラ』の主人公の一人であるルスラン公子が居住していた」

「……！」

突然のアルトゥールの言葉に、ジーナは驚く。

「この離宮には愛しい妻との思い出が詰まっていたから。彼は妻を奪われた後、ここに居を移したんだ」

一体なぜアルトゥールはそんなことを知っているのか。その不可解さに恐怖を覚え、ジーナの全身が粟立つ。

そして、彼が見上げた先の壁には一枚の絵。

「――――っ！」

彼の視線の先を見たジーナの心臓が、縮み上がった。

その絵に描かれているのは、一人の男性。

まるで幽鬼のように痩けた頬には大きな傷が走り、表情は抜け落ちている。

だが、落ち窪んだその紫の両目だけは、爛々と不穏な光を湛えている。

——それはおそらく、絶望や憎悪と名のつくもので。

一度見たら忘れられない、見た者全てが寒気を覚えるような、おぞましい肖像画だった。

だが、ジーナにとっての衝撃は、それだけが理由ではなかった。

（うそ、でしょう……？）

ジーナは、その絵の人物を知っていた。正しくは、夢の中のエレオノーラの目を通して。

（でも、違う。こんなの、絶対に違う）

顔の造作は、間違いなく記憶にある彼と一致しているのに、同じ人物だとは思いたくない。

それほどに彼は、面変わりしてしまっていた。

ジーナの知っている彼は、いつも穏やかな顔で幸せそうに微笑みながら、愛おしげにエレオノーラを見つめていたのに。

「……これがそのルスラン・カリストラトヴァの絵だ」

アルトゥールの感情の読めない淡々とした声が、遠くに聞こえる。

ジーナがエレオノーラの目から見ていたルスラン・カリストラトヴァは、もう、そこにはいなかった。

絵の下に記された、この絵の描かれた年号を見る。それは、エレオノーラをリヴァノフ皇帝に奪われた時

期に一致する。

（──ああ、やっぱり。ただの夢ではなかったのね）

ルスランの肖像画を見て確信する。

どんな仕組みなのかはわからないが、やはりジーナの魂は時間を超えて、三百年前のエレオノーラの体の中に入っていたのだ。

（そして、やっぱり歴史は変えられなかった、ということね）

こうしてルスランの絶望を目の当たりにして、ジーナの目から堪え切れず、涙が溢れ出した。

幸せそうな二人を知っているからこそ悲しい。悲しくてたまらない。

「ひどい姿だろう？　劣悪な環境下における長期の虜囚生活と、妻を奪われた屈辱とで、このザマだ」

まるで自嘲するように、アルトゥールが呟く。ジーナの涙と震えが止まらない。

結局歴史は変えられなかった。エレオノーラは悪女となり、ルスランは絶望に囚われた。

彼らの痛みを思い、ジーナは胸が潰れる。

「なあ、ジーナ。俺に隠していることはないか？」

それから、かつてと同じ言葉を、淡々とした口調でアルトゥールが吐いた。

別に、隠しているわけではなかった。現実と夢の区別がつかなかったから、話すことができなかっただけだ。

だがこうして、事実を突きつけられれば、もうジーナ一人の胸に収めきれるものではなくなっていた。

「……信じてもらえるかは、わからないのだけれど」

涙で震える声で、必死に訴えれば、ジーナを安心させるように、彼は笑った。

「君の言うことなら、俺は全てを信じる」

アルトゥールの返事は、揺るがない。ジーナの体から力が抜け、そのまま床にへたり込んでしまった。

そんな彼女をアルトゥールは易々と抱き上げて、その背中をそっと撫でてくれる。

「時々、不思議な夢を見るの。あの、歌劇『エレオノーラ』を観た日から」

ジーナははらはらと涙を流しながら、アルトゥールに語った。

ジーナの魂が自らの体を離れ、時間を超え、のちに悪女と呼ばれるエレオノーラという名の少女の体の中に入り込んだこと。彼女と仲良くなったこと。

そこで出会った、間違いなく肖像画と同じ顔をした、ルスラン公子のこと。

彼女たちを不幸にしたくなくて、歴史を変えようとしたこと。

けれども、結局歴史は変わっていなかったこと。

今思えば、恐ろしいことをしてしまったと思う。実際に歴史が変わってしまっていたら、きっとここにジーナは存在せず、このカリストラトヴァ王国もまた存在しなかっただろう。

全てを話し終えれば、アルトゥールはなんとも言えない顔をしていた。

「……ごめんなさい。やっぱりこんな話、信じられないわよね」

「いや、もちろん信じているとも。ただ、自分が考えていたこととは少し違っていたんでな。……俺は、てっきり……」

「……てっきり?」

一体なんのことかとジーナは首を傾げる。だがアルトゥールはそれ以上を語ろうとしなかった。

「なあ、ジーナ。歴史とはすでに起こってしまった過去の記録に過ぎない。どれほど足掻こうが、もうどうにもなりはしない。それは人間が手を出せない……出してはいけない、神の領域なんだ」

ジーナを優しく抱きしめ、その背中を優しく叩きながら、アルトゥールは言葉を紡ぐ。だからジーナは悪くないのだと、そう、彼女の罪悪感を拭おうとするように。

「人間にできるのは、失った時間を嘆き、取り返しのつかないものを悔やむことだけだ」

「……救いがないわね」

「……そうだな」

アルトゥールは何かを悼むように目を伏せて、ジーナに語り始めた。

「……なあ、ジーナ。少しだけ、この国の歴史の話をしようか」

「そういえば、アルトゥール様は、歴史学を専攻してたわよね」

「一応な。ジーナはどちらかというと歴史は苦手そうだよな」

ジーナにとって、歴史学の授業は基本的に眠気との戦いである。図星を突かれ、軽く唇を尖らせた恋人を見て、くっと喉奥で笑うと、アルトゥールは彼女の柔らかな金の髪を撫でた。

「歴史を知るということは、その時代の人間の生きた軌跡を知るということだ。人間が集まって国ができれば、そこにはどうしても一定数、愚者が生まれる。そして愚かしい歴史もまた、生まれるものだ。だからこそ人は歴史を学ぶ。愚かなことを繰り返さぬように」

だがまあ、そううまくはいかないんだけどな、とアルトゥールは自嘲するように言った。

「歌劇『エレオノーラ』の舞台となっている公国時代末期。リヴァノフ帝国は派手好きな皇帝による浪費と、立て続けに起きた水害で経済状況が悪化していた。そこで、リヴァノフ皇帝は目障りだと思っていた貴族を大使としてカリストラトヴァに送り込み、同国内で暗殺させた。そして、これをもってカリストラトヴァ公国を糾弾したんだ」

歌劇ではそこまでの詳しい国際情勢の説明はなかった。ジーナは息を詰めて彼の話を聞く。

「リヴァノフ帝国の自作自演であることが明確でありながら、宗主国と従属国という関係性、国力の差もあってカリストラトヴァ公国は追い詰められた。そしてリヴァノフ帝国はその賠償として、カリストラトヴァからの上納金、税金の増額を要求してきた。意に沿わない場合は、リヴァノフ帝国に叛意があるとして、カリストラトヴァ公国そのものを滅ぼし、その富を吸い上げるつもりだったんだろうよ」

「なんて卑怯なの……」

まっすぐな気性のジーナには、到底受け入れられない話だった。だがきっと歴史上ではよくある話なのだろう。かつて、エレオノーラが生きていた時代、本当にカリストラトヴァは滅亡する寸前だったのだ。

「当時、そんな両国の折衝にあたったのが、カリストラトヴァ公国の第三公子ルスラン・カリストラトヴァだ。水害の被害はカリストラトヴァにもあったし、そもそもリヴァノフ帝国への上納金はすでに国庫に重くのしかかっていた。そんな中でこれ以上の税金を民に課すわけにもいかず、瀬戸際の緊迫した国同士のやり取りの中で、彼はリヴァノフ皇帝の不興を買い、投獄された」

ジーナは唇を噛み締める。

――――そう、それが全ての悲劇の始まり。

「劣悪な環境下に拘束されている夫を救うため、エレオノーラは単身リヴァノフ帝国に向かい……。そして、その身と引き換えに夫の解放を取り付け、さらには祖国への不当な要求を取り下げさせたんだ。彼女は決して悪女などではない。この国を救った、高潔な女性だった」

ギリっとアルトゥールが歯を食いしばった音が、微かに聞こえた。

かつて、あの歌劇を大嫌いだと、上映禁止にしてやりたいと言った彼の言葉を思い出す。

確かに正しく歴史を学べば、あの作品におけるエレオノーラの悪女としての人物描写が、全くの事実無根であることがわかる。――――だが、それでも。

「アルトゥール様は、どうしてそこまで……」

そう問いかけたところで、突如、猛然とした眠気がジーナを襲った。

(……え？　どうして突然……？　ああ、もう、ダメ……)

細切れに意識が途切れる。瞼がひどく重い。もう、目を開けていられない。

――――ここへ、おいで。

幼い、それでいて尊大な声が聞こえる。

「……ジーナ？　おい！　どうした⁉　しっかりしろ！」

（何……⁉　なんなの……？）

そして、闇の中に引きずり込まれるように、ジーナの意識は途絶えた。

――女神様、お願いです。どうか、どうか――。

悲痛な声が聞こえる。愛する者を奪われた者の、哀れな声。

ただ、神に祈ることしかできない、力なき少女の声。

――あの方を助けてくださるのなら、私はどうなってもかまいません。

（……あれ……？　ここは？）

気がつけば、見慣れた風景がそこにあった。

アルトゥールとよく共に過ごす、学園の中庭。そこに湧き出る泉の前に、ジーナはいた。かつて女神が降り立ったという泉の前に。

だが、先ほどまで日暮れだったはずだ。だからこそ帰ろうと、アルトゥールに促されたのだから。

しかし今は燦々と陽の光が降り注いでいる。

（また、あの夢なの……？）

つまりはまた、エレオノーラの中に入り込んでしまったということか。

だがそれにしても、今回の入り込み方はこれまでとは違った。まるで強制的に引きずり込まれるような、そんな感覚だった。

ジーナは恒例のように、自らの腰に手を回す。

「細っ‼　やだ！　エレオノーラったらさらに細くなってない……⁉」

エレオノーラはどうやら前回会った時よりも、さらに痩せてしまったらしい。異常なまでのその細さに、ジーナは思わず鳥肌を立ててしまう。本来のジーナの体でのしかかったら、あっさりと折れてしまいそうだ。

大丈夫なのかとジーナは心配になる。

「エレオノーラ……」

頬に手を当てたジーナは、そこに涙が伝った跡があることに気付く。目の前の泉を覗き込めば、その水面に映るエレオノーラはひどく憔悴していた。泣き腫れた瞼が痛々しい。

だが、それでも彼女は美しかった。むしろその陰が凄惨なほどの色気を醸し出している。

『ああ、良かったわ。ジーナ。来てくれたのね』

その時、頭の中でエレオノーラの弾んだ声が響いた。なぜだろうか、その弾んだ声に、違和感がある。

狂気を孕んだ、ざらりとした落ち着かない声だ。

「どうしたの？　エレオノーラ。一体何があったの？」

震える声でジーナは聞いた。その答えを知りながら、なお。

『ねえ、ジーナ。ルスラン様がね、リヴァノフ帝国に囚われてしまったの』

幼い口調で報告してくるエレオノーラに、やはり、とジーナの背筋が凍る。

だが、どうして彼女はそんなにも平然としているのだろうか。

『拷問を受けていて、もう、いつ殺されてしまってもおかしくない状況なのだと、だから覚悟をしておけと、大公様がおっしゃっていたの』

想像以上に過酷な状況に、ジーナは言葉をなくす。

『――――だからね、私、女神様にお祈りしたの』

ジーナの意思とは関係なく、エレオノーラの視界が滲み、涙が噴きこぼれる。

『何日も、何日もここでお祈りしたの。いくつもいくつも硬貨を投げたの。ルスラン様の無事を祈って。でもどうしても硬貨が泉の中に入らなくて』

神に祈るしか手立てのない、エレオノーラの必死さが伝わってくる。

『さっきようやく硬貨が泉に入ったの。そうしたらね、そのすぐあとにあなたが現れたの。きっと女神様がくすくすと頭の中でエレオノーラは耳障りな声で笑い続ける。心が壊れてしまったかのように。

『つまりはジーナ。あなたは女神様から私に与えられた加護（ギフト）なのだわ』

そのことにようやく気付けたのだと、エレオノーラは笑う。

（……私が、加護（ギフト）？）

一体エレオノーラは何を言っているのだろう。

そう思ったジーナだったが、かつてのエレオノーラとルスランの会話を思い出す。

ここカリストラトヴァが国難に陥る時、女神に加護を与えられた人間が現れ、国を救うのだ、と。

『ねえ、ジーナ。あなたこの国を、ルスラン様を、助ける方法を知っているでしょう？』

「…………っ！」

ジーナは思わず絶句する。自分は確かに知っていた。――――けれど、それは。

『……ねえ、お願いだから教えて。ルスラン様を助ける方法』

「し、知らないわ……！」

言えない。言えるわけがない。だって、そうしたら、エレオノーラは。

（えげつないわよ女神様……！）

ジーナは思わずフェリシア女神に毒吐く。

つまり、女神はジーナに、エレオノーラへと引導を渡す役を与えたのだ。

エレオノーラは尚も言い募る。

『前に会った時、あなたは良くないことが起こるから、絶対に私とルスラン様にこの国を出るなって言ったわね。けれどどれほど私が止めても、ルスラン様はこの国を守るためだとおっしゃって、リヴァノフ帝国に赴き、囚われてしまった。全てあなたの言う通りになったわ。……そして今、ルスラン様はいつ殺されてもおかしくない』

そう。その解決法をジーナは知っている。簡単なことだ。エレオノーラがリヴァノフ帝国に出向き、ルスランの身代わりになればいい。

ただ、その代わりにエレオノーラは若くして死ぬことになる。しかも自らが助けたルスランによって、殺されるのだ。

そして稀代の悪女として、後世において、その名を汚すことになる。

（言えないわ……！　言えるわけがない！）

あまりにもエレオノーラが背負わされるものが重すぎる。ジーナは黙り込み、回答を拒否する。

『お願い。教えて、ジーナ。ルスラン様を助けるためなら、私、なんだってするわ』

命など惜しくないのだと。そう必死にすがるエレオノーラに、ジーナは唇を噛み締めた。

心が繋がっているジーナにはわかる。エレオノーラの心は悲しみに満ちていた。それに彼女がどれほどルスランを愛していたか、知っている。だからこそ、苦しい。

「やっぱり無理よ……。言えないわ……！」

それでもジーナが全てを拒否するように、首を振り、耳を塞いで地面にしゃがみこむと、エレオノーラの妙に冷静な声が聞こえてきた。

『……ねえ、聞いてジーナ。ルスラン様が亡くなってしまったら、どうせ私も死ぬわ』

ジーナは絶句した。エレオノーラは、軽々しく嘘をつくような娘ではない。

そもそも体を共有しているが故に、夫が死んだらその後を追うというエレオノーラの言葉が、覚悟が、真実であることが感覚でわかった。ルスランを失ったら、彼女は躊躇なく自らの命を絶つのだろう。

エレオノーラは、深く深く夫のルスランを愛していた。彼がいなければ生きていないほどに。

恐怖でひくりと喉が鳴る。ああ、どうしたらいい。どうしたら、この子を救えるのか。

ここでジーナが知っている未来を伝えれば、ルスランは救えるかもしれない。だが、その代わりエレオノーラは文字通り死ぬその日まで、愛しい人に会えなくなる。

けれどもここでジーナが何も言わなければ、結局は、遠くない未来に二人とも死ぬのだ。

『どうせ死ぬのなら、少しでもあの方の役に立ちたいの』

エレオノーラの目からまた涙が溢れる。

彼女にも薄々想像がついているのだろう。ジーナがここまで頑なに、その未来を語ろうとはしない理由を。

『できるなら、あの方を助けて、私は死にたい』

だが、それでも。この優しい子を犠牲にしてまで、この国を守る必要があるのか。

いずれこの子を殺すであろう男を、救う必要があるのか。

『……ジーナ。あなたは未来から来たのでしょう？』

これから起こる出来事を知っているということは、そういうことなのだろうと、エレオノーラはまた笑った。

『つまりはここであなたが歴史を変えてしまったら、恐らくはあなたも消えてしまうのではなくて？』

ジーナは思わず息を呑む。それは、ずっと彼女が恐れていたことだった。

ここで歴史が変わってしまえば、おそらくカリストラトヴァ王国は消えてしまう。

ジーナだけではない。そうしたら、愛する家族もアルトゥールもヴェロニカもイヴァンカも。ジーナの愛する全ての人が、存在しなくなる可能性がある。

――守りたいものは、ジーナにもあった。

『歴史を変えてはいけないわ。教えてジーナ。私がすべきことを』

エレオノーラはどこまでも冷静だった。ジーナはその場で泣き崩れた。

「ごめんなさい。エレオノーラ……」

地面に伏せて泣き詫びながら、とうとう観念したジーナは、自らが知る未来を語り始めた。

――エレオノーラにとって、どうしようもなく残酷で、救いのない物語を。

「ごめんなさい……ごめんなさいエレオノーラ」

自分と未来を守るために全てを語り、泣きながら懺悔(ざんげ)したその瞬間。

ジーナはエレオノーラに体の制御を奪われた。ジーナの思考は、エレオノーラの身体の中に閉じ込められてしまう。

全てを受け入れたエレオノーラは、嬉しそうに笑ってその場でくるりと回った。

「ありがとうジーナ！」

そして底抜けに明るい声で言った。

「すごい。すごいわ。私、本当にルスラン様をお救いできるのね！」

話を聞いた後のエレオノーラの行動は早かった。

大公に、リヴァノフ帝国に夫の解放を嘆願しに行くために、出国の許可が欲しいと謁見を申し出た。

もちろんルスランの父でもある大公は、難色を示した。下手に帝国を刺激し、情勢の悪化を招きかねないと判断したからだ。息子を思う気持ちは嬉しいが、と説得し、なだめ、エレオノーラを思いとどまらせようとした。

だが、エレオノーラはそんな大公の顔をまっすぐに見据え、言った。

「フェリシア女神から神託と加護（ギフト）を受けました。必ずやルスラン様を救い出し、この国をも救ってみせます。ですからご許可を」

そして、艶やかに微笑んでみせた。大公はそんなエレオノーラに圧倒され、言葉を失う。

――――感じたのは畏怖だ。目の前の華奢な小娘を畏れて、しまった。

慄くと同時に大公は、この国に伝わる伝説を思い出す。

この国が存亡の危機に陥る時、王家の血族から女神の加護(ギフト)を受けた人間が現れ、国を救う。

エレオノーラの祖母は大公の叔母であり、大公家の——女神の血を濃く継いでいる。

「……わかった。好きにするがいい」

もとよりこの国はもう後がないのだ。

掠れた声で絞り出したこの国の主の言葉を受けて、エレオノーラは深く頭を下げた。

それから、実家に戻ったエレオノーラは父に、自分を勘当するように言った。

自分はいずれ、稀代の悪女となる女だ。この名を汚す女だ。実家に迷惑はかけたくなかった。

「ふざけるな！　なぜお前がリヴァノフ帝国などに行かねばならん！」

それを聞いた父は怒鳴り、エレオノーラの申し出を拒否して怒り狂った。

だが、エレオノーラの心は凪いでいた。これまでなぜ父のことを怖いと思っていたのだろう。

この世に、愛する人を失う恐怖以上に怖いものなど、なかったというのに。

そして、案外自分は父に愛されていたのだな、と空虚な心で思う。

一方ジーナは着々と準備を進めるエレオノーラの中で、必死に懇願していた。逃げてくれ、投げ出してくれと。

彼女が命を惜しみ、逃げ出しても。自分が消えてしまっても。決して彼女を恨んだりはしない。だから。

『やっぱりやめてちょうだい！　なぜあなたが犠牲にならねばならないの⁉』

だがエレオノーラは止まらない。彼女にこんなにも行動力があるとは思っていなかった。

もうそこには、かつての自信のない、自虐的な少女はいなかった。

「私ね、ずっとルスラン様のために何かがしたかったの」

自分を愛してくれた人。理解してくれた人。誰よりも愛している人。

エレオノーラはいつだって、与えられるばかりだった。

「だからね、いいの。あの人のためなら、私は地獄に落ちても構わない」

全ての準備を終え、リヴァノフ帝国へと向かう馬車に乗り込むため、エレオノーラは立ち上がる。

目の前の鏡には、大国の皇帝を籠絡するべく、これでもかと美しく着飾ったエレオノーラが映っていた。

「ねえジーナ。私、リヴァノフ帝国を滅ぼしてくるわ」

エレオノーラは艶(あで)やかに微笑む。その笑顔は傾国の美姫にふさわしく、この世のものとは思えぬほど麗しい。

「だからジーナ。あなたはもうここにきては駄目よ」

『やめて！　お願い！　エレオノーラ‼』

その微笑みを見たら皇帝は、いや世界中の男たちが魅了されるだろう。何もかも投げ打ってでもエレオノーラを手に入れたいと願うだろう。

だがジーナはそんなことのために、エレオノーラに笑顔の作り方を教えたわけではない。

『お願いだからやめて……！　私はあなたに幸せになってもらいたいの……！』

慚愧（ざんき）の念にたえ切れずジーナは泣き叫ぶ。

こんなはずではなかったのだと、こんなつもりではなかったのだと。

「心配しないで。ジーナ。私はあなたを恨んだりしない。あなたが私を大切に思ってくれていることはわかっているもの。……だってあなたは、歴史を変えたら自分の存在が消えてしまうかもしれないと知りながら、それでもあの時、私に忠告をしてくれたのでしょう？」

その言葉は、ジーナへの労りに満ちていた。

「……そんなあなたに、こんな罪の意識を背負わせてしまう私を、許して」

エレオノーラは、変わっていない。どこまでも優しく善良なままだった。

なぜそんな彼女が悪女などにならねばならないのか。いずれ多くの人間に死を願われるような、そんな存在に成り下がらなければならないのか。

『あなたみたいに優しい子が幸せになれないこの国を、救う意味なんてあるの……？』

ジーナの嘆きに、エレオノーラはあやすように答える。

「大丈夫よ、ジーナ。来世ではちゃんと幸せになれるの、私。……知っているのよ」

女神から与えられた加護（ギフト）が、そのことを教えてくれたのだとエレオノーラは笑う。

それを聞いたジーナは、さらに怒りを募らせた。

『来世には幸せにしてやるから、今世は諦めろっていうの？　ふざけるんじゃないわよ！』

来世なんて不確定なものをちらつかせ、思い通りに人を操ろうだなんて。本当にどこまでも幼稚で身勝手な女神だと、ジーナは憤る。

彼女(めがみ)にとって大切なのは、今ここに生きる人間ではなく、あくまでも自らが守護するこの国だけなのだ。

『あるかどうかもわからない来世なんてどうでもいいわ！　今ここに生きているあなたが幸せになれなくて！　一体何の意味があるのよ！』

やがて殺され、いつかの時代に生まれ変わったエレオノーラは、エレオノーラそのものではない。生きた軌跡が違えば、それはもう全くの別物だろう。

そんな風に自分のために必死に怒ってくれるジーナが嬉しくて、エレオノーラは心の底から笑った。

「ありがとう、ジーナ。大好きよ。――――さよなら」

そしてエレオノーラの体は主人の願いを叶え、ジーナの意識を外へと弾き出した。

『やだぁぁ！　やめて！　お願い！　エレオノーラ……！』

遠ざかっていくジーナの悲痛な声を、エレオノーラは満たされた気持ちで聞いていた。

そして完全に体の中からジーナの気配がなくなったことを確認すると、エレオノーラは馬車を走らせ、フェリシア離宮へと向かう。

その裏庭にある聖なる泉は、今日も静謐に水を湛えていた。この国を作りたもうた、奇跡の泉。

エレオノーラはその場に跪き、祈りを捧げた。

（女神様。ルスラン様を救う手立てを私に与えてくださったことに、感謝いたします）

ずっと、自分の顔が嫌いだった。

誰も彼もが勝手にエレオノーラに期待し、そして失望していくから。

けれど美しく生まれついたことに、初めて感謝をする。きっとこの容姿もまた、この時のために女神によって与えられた加護の一つなのだろう。

この武器を使って、愛する男を助けにいくのだ。そんな自分を今、誇らしくすら感じる。

さあ、もうこれで怖いものはない。

今生での幸せは諦めた。この国のために、愛する男のために、この身を捧げると決めた。


――だから、せめて来世は。


エレオノーラは長い祈りを終えると、覚悟を決めて馬車へ乗り込む。

そして二度と祖国を振り返ることなく、己の戦場へと旅立った。


「――ジーナ。おいジーナ。しっかりしろ」

アルトゥールの焦った声とともに体を激しく揺さぶられ、意識が浮上したジーナはうっすらと目を開けた。

普段飄々(ひょうひょう)としている彼が、ひどく慌てている。突然床に倒れこんだジーナに、随分と怖い思いをしたのだろう。

ジーナが目を覚ましたことに、安堵した表情を浮かべ、そして労るように彼女の頬をそっと撫でた。

何も、変わっていない。アルトゥールがいて、自分がいて。――――そう、つまりは。

ぼうっと彼の顔を見つめながら、心に悲しみが満ちてくる。

(救えなかった……)

それどころか、ジーナ自らが彼女に手を下してしまった。歴史は変わらず、優しい彼女は悪女のまま。

(何も、できなかった……!)

「うあ、ああ、あ」

堪えられなくなったジーナは、アルトゥールの胸に飛び込むと、しゃくりあげる。

「うああああああーっ‼」

救えなかった友人を思い、子供のように声を上げて泣きじゃくった。

「どうしたジーナ。また怖い夢を見たのか?」

アルトゥールが慰めるように、ジーナの背中を優しく撫でる。

こうしてすがる相手がいる卑怯な自分とは違い、たった一人で戦場へと向かったエレオノーラを思って、ジーナは泣き続けた。

# 第七章　悪女の真実

それから季節が変わっても、ジーナは二度とエレオノーラに呼ばれることはなかった。

おそらく、エレオノーラに未来を教えるという、女神から与えられたジーナの役目は終わったのだ。

思い返してみれば、ジーナは歴史的事実を知るたびに、エレオノーラの元へと送り込まれていた気がする。

歌劇を初めて見た時。図書室で歴史書を読みアルトゥールに歴史を教わった時。

未来を知るジーナは、確かに女神の加護(ギフト)だったのだ。

全ては女神様の掌の上。アルトゥールの言う通り、結局歴史や時間は神の領分であり、人間がどうにかできる問題ではなかったのだろう。

ずっと意気消沈しているジーナに、アルトゥールはただ寄り添ってくれた。

ジーナは深い罪の意識から、アルトゥールにあの夢の続きを話すことができなかった。

優しいあの子を地獄へと送ったのは、間違いなく自分であったから。

この時代に戻ってきてからすぐに歴史書を読み返したが、やはり歴史は変わっていなかった。エレオノーラは悪女となり、愛する男の手によって命を落としたとされている。

その事実が、ジーナの心に重くのしかかっていた。

不可抗力ではあったと思う。彼女のもとへ飛ばされたのも、彼女の過酷な運命も。全ては女神の仕業だ。

それでもどうにかできなかったのかと、後悔だけが胸を焼く。

結局ジーナは、自分と未来を守るため、エレオノーラを切り捨てたのだ。

この罪は、一生自分一人で抱え続けるべきものだ。誰かに話して、この重みを減らすことをジーナは良しとしなかった。

アルトゥールもまた、ジーナが抱えたものを、無理に聞き出そうとはしなかった。

そして、周囲に心配はかけまいと、ジーナは血を流し続ける心に蓋をして、必死にいつも通りの生活を送るようにしていた。

自分も、この国も、彼女の犠牲の上に存在している。

ならば、今を懸命に生きることが、彼女へ報いることになるのではないかと思ったのだ。


「……うわ、またいるわ」

隣を歩くイヴァンカが呻いた。大講堂へ続く廊下の端に立つのは、アルトゥールと王太子だ。最近では仲良く二人で連れ立って、こうしてジーナとイヴァンカを待ち伏せしている。

あの日、王太子はイヴァンカに跪き愛を乞い、イヴァンカはそれを微笑んで切り捨てた。

「冗談じゃないわ。あんな男大嫌いだし。正直言って、もう生理的に無理」

とは、イヴァンカの談である。それをうっかり聞いてしまった王太子殿下は涙目だった。

だが、実のところ彼女は、身分の違いや業突く張りな養父母の件もあって、王太子に負担をかけないよう自ら身を引いたのではないかとジーナは思っている。素直になれないイヴァンカ様は本当に可愛い。

そこまで貶されても、王太子はイヴァンカを諦めきれないらしく、アルトゥールにくっついては、こうしてイヴァンカの周りをうろちょろとするようになった。どうやら王太子殿下は被虐趣味であるようだ、というのがジーナとヴェロニカの共通の見解である。

報われない恋に苦しみ、「今になって君の気持ちがようやくわかった」などと、アルトゥールは彼の唯一の理解者認定を受けているらしい。それに対しアルトゥールが心底迷惑そうな顔をしているのが、また可笑しい。

「次の授業は合同だろう？　迎えにきた」

そう言って優しく笑いながらアルトゥールが手を差し伸べる。ジーナも微笑んで、その手を取った。

ちなみにその横では、王太子が差し出した手を、イヴァンカが容赦なく叩き落としていた。

全学年集まっての合同授業は、有名な学者や研究者が招聘（しょうへい）されて行われることが多い。

今日の授業の講師は、歴史学の重鎮だそうだ。そのため、歴史好きなアルトゥールは数日前から随分と楽しみにしていた。

今日もアルトゥールと王太子殿下はしれっとジーナとイヴァンカのそばに座ろうとしたが、二人に声を揃えて「戻れ」と断られて、悲しそうに三年生の席に戻っていった。いずれは人の上に立つものとして、規則を守ることは大切なのである。

「最近、公国時代の新たな資料が見つかりましてね。リヴァノフ帝国滅亡時の歴史を知る上で、非常に貴重な資料となると期待されています」

大講堂の中心にある教壇に立った講師は、歴史が好きでたまらないといった様子で、ワクワクしながら新発見について話している。

久しぶりに聞いた国名と、それに続く名に、ペンを持つジーナの手が震えた。

「かのエレオノーラ・ラリオノヴァ直筆の書状ですよ」

ジーナの隣に座っていたイヴァンカが、肩を竦めてジーナに話しかけてきた。

「エレオノーラって確か、我が国で一番有名な悪女よね」

イヴァンカのその声が聞こえたのだろう。抗議するように、講師が口を開く。

「残念ながら、エレオノーラ・ラリオノヴァを悪女として描いた有名な歌劇『エレオノーラ』は、完全なる創作ですよ」

すると、興味を持ったのだろう。反対側の隣に座るヴェロニカが、顔を上げた。

「近年では研究が進んで、歴史学者の中でエレオノーラ・ラリオノヴァの評価は随分と見直されています」

「へえ」と生徒たちから声が漏れる。それに気を良くしたらしい講師が語り出した。

「そもそも、あの作品はエレオノーラ・ラリオノヴァが亡くなって、百年近く経ってから作られたものです。演劇作品として評価されて、長年に渡り上演され続けたために、彼女は後世の人々に悪女の烙印(らくいん)を押されていますが、実際に彼女が悪女だったという証拠は何一つ残っていません。大した歴史考証もせずに作られた、娯楽作品に過ぎないのですよ、あれは」

少々腹立たしげに、かの作品の歴史考証の甘さについて熱く語る歴史講師の言葉に、ジーナは思わず目頭が熱くなる。

――そう、彼女は悪女などではなかった。

「実際の彼女は、自らの身を呈して夫であるルスラン公子を救い、このカリストラトヴァ王国をリヴァノフ帝国から守った人物です。ですが彼女の偉業は、国の威信を守るため、当時の大公によって隠蔽されていたようです。そのため、リヴァノフ帝国を滅ぼした一因として、悪女と認定されてしまったのでしょう」

講師はそこまで話して、講堂を見渡す。

「実は見つかった資料というのは、リヴァノフ帝国を斃すため、彼女が彼の国の機密情報をカリストラトヴァに流していたことを示す書簡でしてね。エレオノーラはリヴァノフ皇帝の寵妃でありながら、カリストラトヴァ公国の間諜でもあったということですね」

ジーナは嗚咽が漏れそうになるのを必死にこらえる。これで彼女の献身が認められ、そして、その名がこれ以上汚されないことを願う。

「……それじゃなあに？　つまり本当の彼女は、この国を救った英雄だったのに、母国に裏切られて元夫に殺された上で悪女扱いされたということ？　ひどすぎるわ！　これだから男って嫌いなのよ！」

すっかり男嫌いになってしまったイヴァンカが、創作によってその名を汚された一人の哀れな女性に対し、同情の声を上げる。賛同した生徒たちから、次々とルスラン公子を非難する声が上がった。

それらを聞いたジーナの全身が、粟立つ。

(――――それは、違う)

ルスラン公子を糾弾する言葉に、またしてもジーナの中で初めて歌劇『エレオノーラ』を観た時と同じような、ひどい拒絶反応が起こる。

襲いかかる頭痛と寒気。それから、頭の中で響き渡る泣き叫ぶ声。

それだけは堪えられない、と。ジーナの頭の中で、懐かしい声が泣きながら抗議する。

(違う、違う、違う。やめて。あの人のことを、悪く言わないで)

ジーナの体がカタカタと震え出す。そう、裏切られてなどいない。

――――あの人は、愛するあの人は、……ルスラン様は。

「ちょっと！　やだジーナ！　どうしたのよ⁉」

隣から、ジーナの異変に気付いたイヴァンカの、焦った声が聞こえる。だが頭の中を駆け巡る声のせいで、返事もできない。

そう、エレオノーラは裏切られてなどいない。彼女はちゃんと幸せだった。――――なぜなら。

アルトゥールが席を立って、走り寄ってくると、体をふらつかせたジーナの体を抱きしめて優しく支えた。

「ジーナ。大丈夫か？」

アルトゥールの声に、ジーナは涙をこぼす。

「違う。違うの。ルスラン様……は」

虚空を見つめ、震え続けるジーナを、アルトゥールは強く抱きしめる。そしてなだめるように、ジーナの耳元で囁く。

「……思い出すな。ジーナ。思い出す必要なんて、ない」

違う、思い出さなければいけない。そうしなければ、あの方が報われない。

自分の名など、どれだけ汚れても構わない。けれど、優しいあの方の名を、汚さないで。

（そう、エレオノーラは、エレオノーラは、……私、は？）

突然頭の中を巡り出した、とてつもない情報量に、ジーナの意識がプツリと暗転した。

「ジーナッ！」

アルトゥールの焦った声が、遠くに聞こえた気がした。

そしてジーナは、闇に閉ざされた場所で、魂の過去の記憶を手繰り寄せる。

――――愛しい愛しい彼のために。

『エレオノーラ。美しき余のエレオノーラ』

しゃがれた声が、エレオノーラの名前を呼ぶ。

皺だらけのかさついた手が、エレオノーラの瑞々しい肌を這う。

何も感じなくとも、望まれるまま、エレオノーラはそれらを全て許す。

そして、可憐に、妖艶に微笑んでみせる。すると喜んだその手の持ち主は、エレオノーラの首に大きな宝石をかけた。

重いとしか思わなかったが、唇は嬉しいと、偽りの歓喜の言葉を紡ぐ。

エレオノーラは、この世のものとは思えぬ絢爛豪華（けんらんごうか）な地獄にいた。

愛する者と引き裂かれ、愛する祖国と引き裂かれ。

憎きこの国の皇帝に、お気に入りの玩具のように、愛でられ弄ばれた。

老皇帝の望むまま、美しく微笑みながら、心が死んでいく。

慣れない頃はあまりの辛さに、何度もジーナを呼んでしまいそうになった。しっかりしなさいと、叱って力づけて欲しかった。

けれどこんな自分を知ったら、きっと優しい彼女は傷つき、ひどく自らを責めるだろう。

何よりこの選択をしたのは、自分自身なのだから。

（大丈夫。まだ、大丈夫。……だって）

この世界のどこかに、ルスランが生きている。

それだけでいい。その事実だけで、エレオノーラは満たされ、この地獄でも微笑むことができた。

そして、次第にエレオノーラしか見えなくなっていく老皇帝の心を操り、帝国の機密情報を手に入れては、密かに祖国へと流した。それが、ひいてはルスランの役に立つことを願って。

そんな、永遠とも思える長い苦しみの日々の果てに、やがて終わりの時は来た。

かつてジーナが話してくれた通り、宗主国であるリヴァノフ帝国に、従属国四カ国が反旗を翻し、連合軍を立ち上げ攻め込んできたのだ。

無能な皇帝による無駄な散財。さらには失政が続いたこの国は、すでに傾いていた。それ故に、あっさりと侵攻を許したリヴァノフ帝国は滅び、その歴史に幕を閉じた。


響き渡る剣戟と怒号の中で、エレオノーラはただ彼を待っていた。

やがて目の前に現れたその姿に、自然と笑みがこぼれる。

燃える皇宮の中、狂乱は続く。目の前で無様に命乞いをしていた老皇帝の首が、容赦なく落とされる。

そして、エレオノーラの足元に、その首が転がってきた。

彼女はそれを、何の感慨もなくぼうっと見つめていた。

先ほどまでこの首は、間違いなく自分の飼い主であったのに。

すると、舌打ちとともにその首が蹴飛ばされ、エレオノーラから遠くへと転がされる。

それから懐かしい声で名を呼ばれ、顔を上げる。

そこには随分と面差しと雰囲気が変わってしまった、元夫がいた。

皇帝の首を刎ねた、血塗られた剣をかざして。


――ああ、やっと彼が、私を殺しにきてくれた。


(……ご苦労をなさったのでしょうね)

かつての少年めいた面影は完全に払拭(ふっしょく)され、その頬には深い傷跡が残っている。

大好きだったあの柔らかな雰囲気も失われ、表情も失われ。

ただその紫の目だけが爛々(らんらん)と暗い光を湛えている。

国を守るため、微笑み続けたエレオノーラと、絶望に表情を失ってしまったルスラン。

かつてのお互いと真逆になってしまったと、悲しんだエレオノーラは、また空っぽな笑みを浮かべた。

エレオノーラは兵士たちに拘束され、元夫の前へと引きずり出される。

素晴らしい。細部に至るまで、あの時来世の自分(ジーナ)が教えてくれた通りだ。

天啓によるものなのか、気が付けばエレオノーラは理解していた。

この国を救うため、エレオノーラが女神に与えられた加護(ギフト)は、この人間離れした美貌と、自身の因果の糸を辿る能力。

過去から未来へと繋がっていく自分の魂の糸を辿り、最良の未来にいる来世の自分の魂を引き寄せ、情報を得る。未来予知の異能だった。

そして、その能力は確かに、ルスランとカリストラトヴァを救ったのだ。

冷たい視線が、自分に注がれているのがわかった。

それはそうだろう。なんせエレオノーラは彼を裏切った女だ。彼を裏切り、その誇りを傷つけた。

「さて、……何か、言い残すことはないか？　エレオノーラ」


さあ、待ち焦がれた、最期の時だ。――――救いの時だ。


彼の手で殺してもらえるなんて、なんと幸せなことだろう。これはきっと、女神からのご褒美だ。

エレオノーラは嬉しくて笑う。

彼女のこの上なく幸せそうなその微笑みを見た兵士たちが、その人間離れした美しさに言葉を失う。

それは、畏怖すら感じるほどの、圧倒的な美。

「エレオノーラ……」

懐かしくも愛おしい声が、呻くように再度自分の名を呼ぶ。最期なのだから、彼に愛の言葉の一つでも残したい気もするが、今更こんな薄汚れた女からそんなものをもらっても、きっと迷惑なだけだろう。

「――いいえ、何もございません。どうぞ、あなた様のご随意のままに」

エレオノーラは彼の剣に向かい、切りやすいようにと、その白く細い首を差し出した。

それから、命を絶たれるその瞬間を静かに待つ。

——だが、どういうことだろう。いつまで待っても、この身に刃が突き刺さることはない。

訝しく思ったエレオノーラがそっと顔を上げれば、愛する男は苦々しい顔をしている。

「本当に言うことはないのか！　色々あるだろう。ほら、私に対する恨み言とか！」

彼の想定外の言葉に、エレオノーラはきょとんと目を見開く。彼は、一体何を言っているのだろう。

「私が間抜けにもリヴァノフ帝国に囚われたりしなければ、君がこんな思いをすることはなかった」

苛立ちを自分にぶつけるように歯噛みする彼の様子に、エレオノーラは首を傾げる。

「しかもここまで来るのに、四年もかかってしまった。もっとはやく助けに来いと、君は私を怒っていい」

エレオノーラは困ってしまった。ジーナに聞いていた話と随分違うではないか。彼は自分を心底憎み、自分の命を奪う人なのではなかったか。

ルスランの紫水晶の瞳が、すがるようにエレオノーラを射抜く。

「なんだっていい。君の言葉で、何か言ってくれ……」

言っても、いいのだろうか。

言いたいことを。この胸にずっと秘めてきた思いを。

エレオノーラは、ようやくその薄紅色の唇を開いた。

「――ずっと、ずっとお待ちしておりました」

エレオノーラの言葉に、ルスランは息を呑む。そして顔を歪め、そうか、と小さく呟いた。

「わたくしは、ただ、ルスラン様だけをお慕いしておりました」

それだけは、信じて欲しかった。この心だけはずっと、彼の元にあったのだと。

「――そうか。……私もだ」

ルスランの返答に、今度はエレオノーラが息を呑む番だった。

突然何を言い出すのか。

それまで冷たい印象だったルスランの顔に、明らかな喜色が浮かぶ。花が綻んでいくようなその変化に、エレオノーラは思わず見惚れてしまう。

「エレオノーラ。君だけを愛している。――ああ、長かった。やっとだ！　やっと君を取り戻したぞ！」

その涙で潤んだ紫水晶の目には狂気すら見える。彼は腕を伸ばし、エレオノーラを高く抱き上げた。

「もう二度と私の元から離さない。覚悟してくれ」

もはや満面の笑みのルスランに、エレオノーラは叫ぶ。

「何を言っておられるのです！　早く私を殺してくださいませ！」

そうでなければ、おかしい。こんなことは聞いていない。自分はここで彼に殺されるはずなのだ。あまりにも聞いていた話と違う。女神様に説明を求めたい。

今更こんな幸せな夢を、どうか見せないでほしい。未来を期待させないでほしい。

想定外の事態に混乱してエレオノーラが叫べば、ルスランは不愉快そうにいった。

「ふざけるな！　なんでせっかく取り返した君を殺さなきゃいけないんだ！」

ルスランの言葉に、とうとうエレオノーラの両目から、涙が溢れ出した。

「駄目です。ルスラン様。――――私は穢れてしまった。もう、あなたに相応しくありません」

ルスランが大切に愛してくれた体を、他の男に許し、穢した。

そんな自分が、今さら彼の元に戻るわけにはいかなかった。

「――――いやだ」

だが、ルスランは即答する。そしてエレオノーラの唇を、自らの唇で塞いだ。

「んっ！　んんっ……！」

一瞬周囲の兵士たちがどよめき、慌てて目を逸らした気配がする。こんなにも衆目ある中で何をするのかと、久しぶりに味わう羞恥にエレオノーラは暴れるがルスランはビクともしない。

エレオノーラを迎えにくるために、軍に入り鍛え上げた彼の体は、随分と強靭になっていた。

「……私を見くびるなよ」

散々唇を貪られ、少々酸欠気味になってぼうっとしたエレオノーラの耳に、低い声でルスランは言った。

「君が私を助けるためにその身を犠牲にしたことなど、わかりきっている」

「…………！」

ルスランは、エレオノーラを信じていたのだ。彼女が、自分を裏切ることなどないと。

エレオノーラの心が震え、温かなもので満ちていく。

――残ったものは、この想いだけ。それすらも疑われたのなら、もう自分には何も残らない。

エレオノーラの体から力が抜ける。次から次へと涙がこぼれ落ちた。

「あ、あああ、あああ――っ！」

エレオノーラは、ルスランにしがみつくと子供の様に泣きじゃくった。

彼女の背中をなだめるように撫でながら、ルスランはその耳元にこれからの計画を伝える。

「すまないが、ここで私は戦死したことになり、そして、君は処刑されたことになる」

ルスランはすでに大公になったばかりの兄に話をつけていた。自分は戦場で戦死したことにして継承権を放棄し、エレオノーラとともに出奔すると。

優秀なルスランの存在に怯えていた兄は、諸手を挙げて喜び、その希望を受け入れた。

「不自由をさせるかもしれない。苦労をかけてしまうかもしれない。だが、必ず幸せにすると誓う」

「そんな！　いけません‼　こんな女一人のために――」

ルスランが自分のために犠牲にしたものの大きさに、エレオノーラは慄き震える。

泣きながら必死に首を振る彼女に、ルスランは不服そうに唇を尖らせてみせた。

「もう決まったことだ。それに『こんな』なんて言うな。――私の妻だ」

実はエレオノーラとの離縁の手続きはしていなかったのだと、そう言ってルスランは悪戯っぽくに笑った。

「だから、君は今でも、私の妻だ」

あまりのことに、エレオノーラは言葉を失う。とうに離縁されたものと思い込んでいた。

「なあ、エレオノーラ。実は私にも女神の加護（ギフト）があったのさ。君への深い執着心というね。この執着心が私を突き動かし、そして今、リヴァノフ帝国を滅ぼさせた」

――だから、ここで君が戻ってきてくれないのなら、私は死んでしまうよ。

そんな、かつての自分に似たような脅しをかけてくるルスランに、エレオノーラは仕方のない人ね、と涙を流しながら微笑んだ。

「――つれていって。わたくしは、あなたのそばにいられたら、それでしあわせ」

出会った頃のような拙い言葉で、ルスランに請いすがる。

それからわずかな隙間すら許せないほどに強く抱き締め合い、鼻先を触れ合わせて笑い合う。


――そして二人は手を取り合って、歴史上から姿を消したのだった。


ジーナが目を覚ませば、そこはかつて一度見たことのある天蓋だった。

（アルトゥール様の寝台だわ……）

その横にはいつものようにアルトゥールがいる。眠るジーナの手を握りしめ、神に祈るようにその手を額にいただいて目を伏せていた。

倒れたジーナを、またしても救護室ではなく自宅に連れ込んだらしい。おそらく婚約者だからとかなんとか言って、適当に講師を言いくるめたのだろう。

昔から交渉ごとはやたらと得意な男なのである。かつて、足並みの揃わぬ従属国四カ国をまとめ上げ、連合を立ち上げたように。

今となっては、その能力はもっと違うことに使ってほしいとは思うが。

彼を眺めていると、不思議と次から次に涙がこぼれた。

(――――ジーナみたいになりたいわ)

かつて、願ったことを思い出す。

エレオノーラにとって、突然自分の中に現れたジーナは、理想だった。

幸せな家庭に育ち、好きなように甘いものを食べ、言いたいことを言って、多少ぽっちゃりしていたって前向きで、友達と明るく朗らかに笑う。どれだけ彼女に憧れただろう。彼女のように生きたいと。

そして、エレオノーラは、女神が自分に甘い夢を見せてくれていたのだと気付いたのだ。

――それは来世における、幸せな自分の姿なのだと。

かつてエレオノーラが泉に願った「ジーナのようになりたい」という願いは、そのままの形で叶っていたのだ。

（……いやー。本当にえげつないわー、女神様）

自分を地獄へ送ったのが、自分自身では誰も憎むことができないではないか。

エレオノーラだった頃と違い、信仰心のないジーナは、女神に対し容赦なく毒吐く。

もとより同じ魂であったからこそ、時間を超えて繋がり合うことができたのだろう。

そしてジーナには、アルトゥールの正体もまたわかっていた。

かつてエレオノーラは女神に祈ったのだ。ずっと彼のそばにいれますように、と。

そして現状、家族以外でジーナと親しい男性は、アルトゥールしかいない。

今思えば、女神によってジーナが過去に呼ばれる際、いつでも彼がそばにいた。

おそらく彼もまた、その魂同士の結びつき故に、過去の自分と現在の自分を繋げた要因だったのだろう。

ジーナが目を覚ましたことに気付いたアルトゥールが、その大きな手のひらで、ジーナの頭を撫でた。

「大丈夫か？　ジーナ」

「……ルスラン様」

「……今は『アルトゥール』だ。『ジーナ』」

試しに呼びかけてみれば、彼はすんなりとその事実を認めた。

やはり、とジーナはまた涙をこぼす。かつてのエレオノーラの願いは、今世において全て叶っていた。

ただ、ジーナが気付かなかっただけで。

手のひらにある幸せを、ジーナは噛みしめる。

「……思い出したんだな」

その問いに、ジーナは一つ頷いた。するとアルトゥールは少しだけ悲しげに目を伏せた。

「もちろん何もかも全て、と言うわけではないわ。今生きている人生の記憶だって、その多くが曖昧で、全てを覚えているわけじゃないもの」

「確かに。俺もそうだ。おそらく前の人生において、忘れられない記憶だけをいくつか覚えているだけだ」

そして、アルトゥールは複雑そうにため息を吐いた。

「二年前、俺も校外授業であのくそったれな歌劇を見たよ。そして、愛する女の名を汚されたという激しい怒りとともに、思い出した」

苦虫を噛み潰したような顔で、アルトゥールは言った。

「自分がかつて、ルスラン・カリストラトヴァという名であったことを」

だから、彼はあんなにもジーナが観劇に行くことを嫌がったのだと、ジーナはようやく納得する。

ジーナに自覚はないとはいえ、かつての自分の名があれほどまでに貶められていることを、ルスランはエレオノーラに知られたくなかったのだろう。

そして、ジーナに前世の記憶が蘇ることもまた、アルトゥールは望んではいなかった。

「もうどうすることもできない、苦しい前世の記憶など、今を生きる上で、不要だと思ったんだよ」

きっとそれは、自身の経験でもあるのだろう。

アルトゥールは、ルスラン・カリストラトヴァの悔恨を語る。

「……ずっとルスランは、好きな女を犠牲にして、おめおめと生き延びた自分が許せなかった」

身体中に数えきれぬほどの夥(おびただ)しい傷を刻まれた、地獄のような虜囚生活から命からがら解放されてみれば、それをはるかに上回る地獄が彼を待っていた。

愛する妻が自分を助けるため、そしてこの国を救うため、その身を犠牲にしたという。

それを聞いたルスランは、絶望に囚われた。


――――誰か、私を罰してくれ。

もし神なんてものがいるのなら、どうか今すぐこの心臓を止めてくれ。

「……それが、どんな地獄かわかるか？　ジーナ」

あの歌劇を見てから、アルトゥールはしばし、そのルスランの幻覚に苦しんだのだという。

だからこそ、同じくあの歌劇を見てから様子のおかしくなったジーナが、自分と同じように過去の記憶に引きずられ苦しんでいるのではないかと、ずっと心配していたのだと。

覚えている前世の記憶を、アルトゥールは語り続ける。


エレオノーラを奪われた後も、リヴァノフ帝国の暴走は止まらなかった。さらには、このリヴァノフ帝国の困窮は、皇帝が寵妃エレオノーラに誑かされているせいだという風聞が流れ出した。それはきっと、リヴァノフ皇帝に対する国民の悪感情を、逸らす目論見があったのだろう。

やがて、その噂はカリストラトヴァ公国にまで流れた。

どれほど違うと抗議しても、ルスランは妻に裏切られた哀れな夫と見做(みな)されてしまった。

それらをデマと知りながら、父も兄も、それを否定しようとはしない。一人の女を犠牲にしてこの国が救われたのだという情けない事実を、明るみにしたくはないのだろう。

（ふざけるな。滅びてしまえ、こんな国。こんな世界）

——あの優しい娘の名が、なぜこんなにも貶められ、穢されねばならないのか。

『ルスラン』の魂の叫びに、ジーナの目から、また涙が次々にこぼれ落ちた。

自分の命よりも、尊厳よりも、名誉よりも、エレオノーラは彼のことが大切だった。彼を守りたかった。

だが、その自己犠牲行為が、彼を苦しめたこともまた、紛れもない事実だった。

アルトゥールの言葉に、ジーナの中にいるエレオノーラが、自責の念で震えた。

「……ごめん、なさい」

それしかないから選んだ道だった。恐らくは始祖の女神によって導かれた、歴史の一幕。

罪の意識で狂いそうになりながら、それでもルスランは、虎視眈々とエレオノーラを取り戻す機会を待ち続けた。

エレオノーラからは時折帝国の機密情報がもたらされた。彼女も命がけで戦っているのだ。

ああ、早く、早く助けに行かなければ。

やがてルスランは、従属国四カ国で連合軍を立ち上げて、リヴァノフ帝国を滅ぼすことになった。

そして、それほどの功績を挙げながら、そんな彼が望んだことは、ただ一つだけ。


――愛する妻との、穏やかな生活だった。


ジーナは何度もこくこくと頷く。ジーナの中に、アルトゥールの気持ちを疑う心は、もうひとかけらも残っていなかった。

『――君を一目見た瞬間、ああ、君が俺の運命なんだってわかった』

かつて、アルトゥールがくれた言葉を思い出す。そう、ずっと彼は、運命(ジーナ)を探し続けてくれたのだ。

ジーナはアルトゥールに向かって抱擁をねだるように手を差し伸べる。すると彼は、強く強くジーナを抱きしめた。

「愛している。愛しているんだ、ジーナ」

――この世界に生まれ出でる、ずっと、ずっと前から。

アルトゥールの目からも、一粒涙がこぼれ落ちる。

その涙を見つめながら、彼に課してしまった苦しみを思い、ジーナの心が締め付けられる。

頬を伝うその涙に、そっと唇を押し当て、吸い込み、そして言った。

想いをもって。

「……私も愛してるわ」

泣きたくなるほどの幸せに満たされ、ジーナは彼の背に腕を回し、強く抱きしめ返した。

アルトゥールの顔が近づき、そっと唇を触れ合わせる。

今生でも何度も繰り返したはずの、行為。それなのに妙に新鮮に感じるのは、ジーナの心持ちが随分変わったからなのかもしれない。

エレオノーラだった頃の記憶に、引きずられているのか。

今はただ、やっと巡り合えた彼と触れ合いたくてたまらなかった。

アルトゥールの手が、ジーナを確かめるように、その体に沿って辿り出す。肩から腕、脇腹から背中、そして腰へと。

制服の上からだというのに、彼の手のひらの熱さを感じ、ぞくぞくと体が戦慄く。

その間も何度も角度を変えながら、触れ合うだけの口付けを交わし、やがて自然に開いてしまった唇の隙間から、アルトゥールの舌が入り込んだ。

ジーナの口腔内を全て確認するように、丁寧に優しく舌が這っていく。口蓋、頬、喉の奥、そして歯列を辿り、舌の裏側まで。粘膜が擦れ合う水音を立てながら、内側を丹念に暴かれていく。

「ふうっん」

臀部に到達した彼の手のひらが、ジーナの尻を撫で上げ、その柔らかさを堪能するように、優しい強さで揉む。制服越しの愛撫だというのに、不思議と息が上がり、物足りなさを感じてしまう。

もっと、触ってほしい。できるならば、素肌に触れてほしい。

そんなことを思ってしまういやらしい自分に、ジーナは驚く。

アルトゥールの唇が、ジーナの耳を食んだ。少し荒くなった彼の呼吸が耳朶を打って、腰が砕けそうになる。

そして、手のひらがジーナの胸へとかかった。布の上からその膨らみをなぞられ、優しく揉まれ、くすぐったさに悶えてしまう。

「脱がせても、いいか?」

恐る恐る聞かれ、ジーナは頷いた。ブラウスの釦(ぼたん)が流れるように外され、その下にあるコルセットの紐も解かれていく。

やがて、ぱさりと乾いた音を立てて、ブラウスとコルセットが寝台へと滑り落ちた。露わになったジーナの上半身を、眩しいものを見るように、アルトゥールは目を細めて見つめる。

全体的にふっくらとしたジーナの体は真っ白でシミひとつなく、大きな乳房の上には、薄紅色の小さな可愛らしい尖りがある。

彼の視線に温度を感じ、ジーナは羞恥にぶるりと体を震わせた。

「……寒いか？」

するとそれに気付いたアルトゥールに優しく聞かれ、小さく首を振る。

「恥ずかしいの」

ジーナ・シロトキナとして生を受けてから、こんな風に他人の目に自分の肌を晒したことなどない。

「そうか」

アルトゥールはただそう言って、何を思ったのか、自らも勢いよく制服を脱ぎ始めた。

やがてジーナよりも少し陽に焼けた、健康的な肌が露わになる。

貴族の継嗣として、剣や乗馬なども一通り嗜んでいるからだろう。程よく筋肉が付き均整の取れたしなやかな体に、なぜそうなったと思いつつも、ジーナは見惚れてしまう。

そして、アルトゥールはジーナを引き寄せて強く抱きしめた。

触れ合う肌と肌が気持ちよくて、やはり不思議と視界が潤んだ。

彼の背中に手のひらを這わせる。その硬さに性別の違いを思い知らされたような気がした。

アルトゥールもまた、ジーナの肌を堪能する。ジーナの肌はしっとりとして、どこまでももっちりと柔らかい。

「ああ、本当に癖になりそうだ……。この柔らかさがたまらん」

そう言ってアルトゥールはジーナの体のいたるところを揉み始めた。正直言ってやめてほしい。

「ひゃっ！　あっ！　やだっ……！」

くすぐったさに身を捩り逃げようとすれば、アルトゥールはジーナを寝台に押し倒し、自らの四肢でジーナを押さえつけ、動けなくしてしまう。

そして、そのままジーナの身につけている服を全て脱がしてしまった。

「ああ、本当に、ジーナは可愛いな。どこもかしこもふわふわだ」

褒められているのか貶されているのかわからないが、アルトゥールが幸せそうに笑うので、まあいいか、とジーナは思った。こうして求められていることは、嬉しい。

彼に熱のこもった目で、体の隅々まで見つめられて、息が上がる。

それから、どちらともなく顔を近づけ合い、唇を重ねあった。小さな音を立てながら、角度を変えつつ、なんども互いの唇に吸い付き合う。そして、突然ぺろりとアルトゥールがジーナの唇を舐め上げたため、びっくりしてうっすらと開けてしまったその隙間に、彼のその熱い舌がまた入り込んできた。

溶けてしまいそうなほどに、互いの唾液を混ぜ合いながら、舌を絡ませ合う。

その間に彼の手のひらが、ジーナの乳房を這い上がり、そして優しく揉み上げた。

彼の手の中で、ジーナの乳房が卑猥に形を変える。思わずジーナの口から、甘い吐息がこぼれた。

そしてその中心で色づいた小さな薄紅色の乳輪を、くるりと指の腹でなぞられる。

決定的な場所を避けるように愛撫され、やがて物足りなくなったジーナが焦れて身を捩る。胸の頂は刺激を求め、真っ赤に膨れて勃ち上がっていた。

「ふっ、あ……、んん……！」

その間も貪るような口付けが続いていて、胸に与えられる甘やかな刺激に、息継ぎの間に悩ましい声が漏れてしまう。そんな彼女の声を聞いたアルトゥールの目に、劣情が浮かぶ。

ようやく口付けが止み、ほっと息をついたのもつかの間、アルトゥールはその小さな乳首をちゅっと唇で吸い上げた。

「あーっ！」

突然与えられた強い快楽に、ジーナは高い声を上げた。さらに彼の舌で捏ね回され、びくびくと体を震わせてしまう。

立て続けに与えられる強い刺激に耐えられず、逃げ出しそうとすれば、今度は触れるか触れないかの優しさで、そっと舐め上げられる。その優しさに物足りなさを感じれば、また、強く捏ね回される。強弱を絶妙につけられ、与えられた快感にジーナは翻弄される。

「や、ああ……、気持ちいい……」

思わずこぼした言葉に、アルトゥールが嬉しそうに目を細めた。

胸を刺激されるたびに、じわりじわりと下腹部に熱が溜まっていく。胎内が切なくきゅうきゅうと疼く。

その熱を散らそうと、ジーナが膝を擦り合わせれば、すでに滴り始めていた蜜が、くちくちと小さく水音を立てた。

「ね、胸ばっかり、や……」

下腹部の疼きはひどくなるばかりだ。それをどうにかしてほしくて、ジーナはアルトゥールに小さく訴える。

すると、アルトゥールは腕を差し込んでジーナの脚を大きく広げさせると、その付け根に顔を近付けた。

流石に驚いたジーナは後ずさろうとするが、太ももを両腕で挟み込まれ、腰を持ち上げられてしまった。

「やだぁ……！　見ないでっ‼」

自分でもまともに見たことがないその場所にアルトゥールの視線が注がれるのを感じ、ジーナは泣きそうになりながら懇願する。

だがアルトゥールはその懇願に応じず、そのまま、ジーナの秘裂にそっと舌を這わせた。

「んっあぁぁっ！」

今まで感じたことのない、しびれるような甘い感覚に、ジーナは高い声を上げた。

アルトゥールは、舌先で溢れ出た蜜をすくい上げると、その襞に分け入り、蜜口を突く。

「んっ！　や！　アッ」

体の中で一番敏感な場所を晒され、挙句舌で舐め上げられ、恥ずかしくてたまらないのに、その羞恥心によって、さらに体が熱を持つ。

そしてアルトゥールは指でその割れ目を押しひらくと、蜜口の上にある、小さな肉珠にちゅうっと吸い付いた。

「――――っ！」

それまで下腹部に溜まっていた熱が、強い快楽によって一気に解放され、ジーナは大きく背中を反らせて、声もなく絶頂に達した。胎内の脈動に合わせ、びくびくと体が跳ねる。足のつま先まで、ムズムズとした甘い痛痒さが走り抜け、とろけた蜜口がさらに蜜を吐き出す。

さらに達したばかりで敏感なそこを、アルトゥールが優しく舌を這わす。その度に、小さな絶頂が起きて、ジーナはもう息も絶え絶えだ。

そしてアルトゥールは自分の指を舐め、唾液をまとわせると、それをジーナの蜜口に沈み込ませた。

「あ、ああ……っ！」

侵入してきた異物に、ジーナの膣壁が絡みつく。

「ああ、やっぱり狭いな。少し慣らすぞ」

思いの外抵抗なく、飲み込んでしまった指に、ぐにぐにと探るように未だ脈動を続ける膣壁を刺激され、ジーナは喘いだ。

そして中にもう一本指を増やされ、じゅぷじゅぷといやらしい音を立てながら出し入れされる。異物感だけだった中に、わずかに甘い疼きが混じり出し、また同時に舌で陰核を刺激されたジーナは。

「ひぃぁあああああっ！」

またしても二度目の深い絶頂に叩き落とされ、中にあるアルトゥールの指をちぎれそうなくらいにぎゅうぎゅうと締め付けた。

力を入れすぎた全身がブルブルと震えて痙攣し、やがて快楽の波が引くと同時に弛緩する。

与えられ続けた快楽に、ぼうっとしているジーナの顔中にアルトゥールは口付けを落とした。

それからジーナの体にのしかかり、大きく開かせた脚の間に自分の体を入り込ませる。

未だひくひくと小さく痙攣を続けている蜜口に、熱いものがあてがわれた。それが何かに気付き、ジーナがこくりと喉を鳴らした。

アルトゥールはなだめるように、彼女の髪を優しく撫でて、その耳元で懇願する。

「……なあ、いいか？」

与えられ続けた快楽のせいで意思がぼやけているジーナは、ただその寂しい隙間を埋めて欲しい一心で一つ頷いた。

アルトゥールがこじ開けるかのように前後にゆるゆると腰を動かしながら、少しずつジーナの中へと侵入してくる。

「やっあ……！」

やっぱりこんな大きなものは入らないと、思わず反射的に身を引きそうになるが、がっちりと体をアルトゥールに押さえつけられていて、逃げ出すことができない。

「痛ぁっ！」

そして、一瞬そこを裂かれるような痛みが走った。それを我慢せず素直に口に出してしまうのは、エレオノーラとは違う、ジーナたる所以だ。その痛みに、思わずジーナはその痛みを自分にもたらした張本人であるアルトゥールの体にすがりつく。

アルトゥールがなだめるように、ジーナの唇を吸った。するとその痛みが軽減された気がして、ジーナは自らアルトゥールの唇に吸い付く。

互いの舌を絡ませ合いながら、やがてアルトゥールの腰が、ジーナの腰に当たった。

「あぁ、すごいな……」

思わずといったように、アルトゥールが感想を漏らす。そして痛みに呻くジーナに、また口付けをする。

それから、わずかに腰を揺らした。傷ついたばかりの膣壁が引きつれ、ジーナが息を呑む。

抗議するように潤んだ視界でアルトゥールを睨みつければ、彼は困ったように笑った。

「悪いな、俺はすごく気持ちがいい」

ジーナがこんなにも痛い思いをしているというのに、本当にひどい話である。だが、アルトゥールが自分の体で気持ちよくなってくれていることに、不思議と心が満たされる。するとそんなジーナの心に連動するように、膣内がきゅうきゅうとアルトゥールを締め付けた。

「ああ、くそ。そんなに締め付けるな。すぐに持っていかれそうだ」

そしてアルトゥールはゆっくりと腰を動かしながら、接合した部分の少し上、ジーナが最も簡単に快楽を得ることができる小さな尖りを、指の腹で擦り上げるように刺激し始めた。

「アッ、ああっ、あ！」

小さくゆする程度だった抽送が、少しずつその揺れの幅を大きくし、やがては打ち付けるように激しくなっていく。

ぎしぎしと寝台が鳴る。熱情に飲み込まれ、うまく息ができない。助けを求めて伸ばした手は、アルトゥールに掴まれ、またシーツの上に縫いとめられた。

「やあ……アルトゥールさま……！」

「好きだ……、愛している、俺の運命（ジーナ）」

そして、ジーナと強く抱きしめたまま、アルトゥールはその胎内に、ずっと堪えてきた欲望を思い切り吐き出した。


アルトゥールは物心ついたばかりの頃からずっと、不思議な焦燥感にかられていた。

何かを失ってしまった。だから探しに行かねばならない。けれど、その何かがどうしてもわからない。

心の一部がぽかりと常に欠けている。そこを埋めたくて仕方がないのに、埋められる何かがわからない。

子供の頃から数えきれぬほどあった縁談を、全て断ったのもそれが原因だ。

探しているその何か以外に、自分は特別なものを作ってはいけないのだと、そう魂が叫ぶのだ。

だが、何年経ってもそれは見つからない。故に何に対しても執着を持てず、ただ、乏しい感情のまま、アルトゥールは淡々と生きていた。

気が付けば十六歳になって、上流貴族の例に漏れず、王立フェリシア学園に入学した。

――そしてあの歌劇『エレオノーラ』を見たのだ。

湧き上がったのは、怒りだ。純然たる、怒り。

その場で激情のまま暴れ出しそうになるのを、アルトゥールは必死に堪えた。

悪女などではない。彼女は、誰よりも美しい心を持った聖女だった。――それなのに、よくも。

前世の記憶を取り戻したアルトゥールは、自分が生まれた時から探している運命が、かつての妻であることを思い出した。

そうして、常に妻の、エレオノーラの面影を追うようになった。

きっと彼女も自分と同じく生まれ変わっているはずだと信じて。


――そして、彼（アルトゥール）は見つけたのだ。


情事後の気だるい空気の中、ジーナは後ろから抱きしめてくるアルトゥールに寄りかかりながら、ふと気になったことを聞いてみた。

「けれど、アルトゥール様は、なぜ私がエレオノーラの生まれ変わりだって気付いたの？」

正直なところ、見た目はまるで違うし、性格だってまるで違う。共通点などほとんどない。

それなのに、この王立学園に入学してきたジーナを一目見た瞬間に、アルトゥールは彼女が前世の妻（エレオノーラ）であると気付いたという。

ジーナには当時まだ前世の記憶がなく、遠目に見ていた彼に対し、特に運命を感じることもなかった。

きっと彼が気付いてくれなければ、こうして二人寄り添うこともなかっただろう。

すると、アルトゥールが声を上げて笑った。

「――だって、甘いものを食べる時の幸せそうな顔が、全く一緒だったからな」

全然変わっていないから、すぐわかったよ、と、そう言って幸せそうに笑う。

それはもしや、あの学生食堂のデザート一気食いの時の話であろうか。ジーナは今更ながら恥ずかしくなって顔に熱が集まるのを感じた。

「エレオノーラはこっそり一口だけ、ジーナはテーブルいっぱいのデザートの前で」

その時の光景を思い出したのだろう。アルトゥールは思わずと言った風に吹き出した。

「それでも、同じように。蕩けるように笑ってた」

何もかもが変わってしまっているようで、それでもなお、変わらないもの。

「――つまり君は、その魂までもが美しいってことさ」

まるで、ルスランのような物言いに、ジーナはさらに顔を真っ赤にした。

そしてまた揶揄(からか)うように、くすくすと笑うアルトゥールが腹立たしくて、ジーナは軽く睨みつける。

「そうはおっしゃいますけれど、ではルスラン様は、どうしてそんなに変わってしまわれたんです？　昔は清廉潔白(せいれんけっぱく)な紳士でいらしたのに」

ジーナは当てつけのように、わざとエレオノーラのような丁寧な言葉で大げさに嘆いてみせる。

そう、かつてのルスランにはアルトゥールのような強引さはまるでなかった。いつも一歩先でエレオノーラが追いつくのを長い目で見てくれるような、余裕があった。

それなのに今生のアルトゥールときたら、隙あらばジーナに襲いかかり孕ませようとしてくる野蛮な男に成り果ててしまった。

正直言って初（ウブ）だったエレオノーラ時代が恋しい。あの紳士的な彼はもう戻らないのであろうか。

するとアルトゥールは、心外だとばかりに肩を竦めた。

「そんなこと、わかりきっているだろう。それはルスランの後悔だ」

「――――それは、つまり？」

「遠慮せずもっと早くに結婚して囲い込み、とっととエレオノーラに子供の一人や二人を産ませて、動けないようにしておけば、こんなことにはならなかったのに、というルスランの後悔が……」

「……とりあえず本当に色々最低なんで黙っていただいていいですか。さらに言うなら私の中のルスラン様の印象（イメージ）が破壊されるので、やめていただけませんか？」

「だから俺は怖くてたまらないんだよ。ジーナ。君また何かに奪われてしまったらどうしようと。つまりそれを防ぐためにはとっとと孕ませて結婚して家の中に閉じ込めてしまえば……」

「本当に黙ってちょうだい。こんなのがルスラン様の生まれ変わりとか本当に辛いわー」

「悪いがジーナ。あいつは表面上うまく繕っているだけで、中身は大して俺と変わらん。ただやせ我慢していただけだ。残念だったな」

「いやー‼　言わないでー！　夢が壊れるー‼」

「正直なところ、今も昔も、どうやって君を押し倒すかしか考えてなかったからな」

若い男なんてそんなもんだと言われ、ジーナはがっくりと肩を落とす。またしても知りたくない現実を知ってしまった。

しょんぼりしているジーナを抱き寄せて、アルトゥールはまた声を上げて笑う。

そして頬をすり合わせ、耳元でそっと囁く。

「だが、ルスランも俺も、君を深く愛していることには変わりはない」

そんなことを、甘い表情で言われてしまったら、結局のところほだされてしまうのである。

――――なんせ、愛しているので。

ジーナの白い肌が、朱に染まるのを、アルトゥールは幸せそうに見つめ、言った。

「……というわけで、結婚してくれ。可及的速やかに。つまりは今すぐ」

本当にブレない男である。なので、正気に戻ったジーナも微笑んで答えた。

「はい。――――私が学園を卒業した暁には、ぜひ」

今回はエレオノーラの記憶に引きずられ、うっかり流されて一線超えてしまったが、ジーナもアルトゥールも未だ学生である。孕まないように、後で避妊薬を飲まねばなるまい。

「……なかなか流されてくれないな。君は」

小さく舌打ちが聞こえたが、ジーナはもちろん聞かなかったことにした。本当にブレない男である。

# エピローグ　そして、悪女は

――――甘い、甘い夢を見た。砂糖菓子のような、甘い夢。

ありえないくらいの、幸せな夢だ。


「はい。みんな、五個ずつよ」

ふくよかな手に持ったバスケットから、エレオノーラは周囲にわらわらと集まる子供たち一人一人にクッキーを手渡す。

子供たちは皆クッキーを頬張って、ふくふくと幸せそうに笑う。その姿に、エレオノーラもまた満たされる。

そう、甘いものは、人を無条件に幸せにするのである。

エレオノーラは自らもバスケットに手を突っ込んで一つクッキーを取ると、口に頬張った。途端に口の中に広がる甘みに思わず満面の笑みが浮かぶ。やはり甘いものには人を幸せにする魔力があるのだ。

「やあ奥さん。私の分もあるのかな？」

すると、子供たちに混じった夫(ルスラン)が、悪戯っぽい声で聞いてくる。妻は、もちろんよと言って子供たちのものとは別に作っていた、甘さ控えめのクッキーを笑って手渡した。

軽い音を立ててクッキーを咀嚼し、その控えめのほのかな甘味に、夫もまた幸せそうに笑った。

エレオノーラは、カリストラトヴァ辺境の小さな町にある、ルスランが彼女を匿うために用意していた小さな屋敷で、夫のルスランと、その間に生まれた子供たちとともに穏やかな日々を過ごしている。

自由を手に入れたエレオノーラは、かつて必死に我慢していた大好きな甘いものを心ゆくまで食べるようになり、随分とぽっちゃりした体型になった。

もともと太りやすい体質であった上に、子供を産むたび体重は増加の一途を辿り、かつて妖精のようだと謳われた細い体型は失われてしまった。

もちろん生来の整った顔立ちは変わらないが、かつての凄みのある圧倒的な美貌ではなく、ふんわりとした健康的な美しさだ。

それに誘われるように指を伸ばし、ルスランは楽しそうにそのふっくらとした妻の頬に、プニプニと指先を沈める。

エレオノーラは拗ねたように唇を尖らせる。夫婦となり十年以上が経って、彼女はようやく感情を素直に露わにするようになった。

「……やっぱり少し甘いものを控えた方がいいかしら？　ちょっと太ってしまって恥ずかしいわ」

妻のそんな言葉に、いや、ちょっとどころではないだろうと思いつつ、ルスランはとんでもないと首を振る。

「そんなことはない。このもっちりとした、それでいてどこまでも沈み込んでいきそうな柔らかい肌……。くせになるよ」

「……ルスラン様」

エレオノーラが冷たい目でルスランを見やる。すると彼は怖い怖いとばかりに手を振って、「私の奥さんはすっかり逞しくなってしまったなあ」などと幸せそうに笑った。

それから愛しい妻にさらに冷たい目で見られた彼は、慌てて言い訳をする。

「もちろん。どんな君でも愛しているとも」

そんな夫の言葉に、エレオノーラもまた笑う。そう、性格も見た目も。随分と変わってしまった。

かつては、その美しい見た目しか愛されないのだと思っていた。

けれど、今でもルスランが向けてくれる想いは、多少ぽちゃったところで少しも変わらない。そのことがとても嬉しい。

「ぽちゃって何が悪いのよ！」と勇ましく言った、ジーナの言葉を思い出す。

そう、何も悪いことなどなかった。ジーナは正しかったのだ。

今では若き日の自分よりも、かつて自分の中にいた親友であり、また未来の自分でもあったジーナの方に共感がしやすくなっている。

（あの頃の私に、ジーナは、それはイライラしたでしょうね）

自分を大切にすることを知った今になって、そう思う。

自分を愛せなかった、美しく哀れな人形（エレオノーラ）。

強くなった今の自分の心のまま過去に戻り、人生をやり直すことができたのなら。

もっと違う道があったのかもしれない。もっと楽に生きることができたのかもしれない。

たまに、そんなことを考えたりする。

（けれどそうしたら、今の幸せはないのよね……）

弱い過去を、傷ついた過去を、様々な後悔を、否定するのは簡単だ。

だが、それがなければ今の幸せがないと言うのなら、過去を変えたくはないとエレオノーラは思う。

全ては、その経験があっての成長なのだから。

それに、そのうち来世の自分が、その性根を叩き直しに行ってくれることだろう。

（やっぱり女神様の思惑通り、といったところなのかしら）

ジーナは女神に対し怒りをあらわにしていたが、過酷な状況下に置かれても、それが自分自身の選択であると思えたからこそ、エレオノーラは誰も恨まずにいられた。

歴史を変えられない以上、きっと、これで良かったのだ。

背後から、ルスランが優しくエレオノーラを抱きしめる。

「ああ、この柔らかさ。最高だな……。これを知ってしまうともう戻れないな……」

ぶつぶつと訳のわからないことを言いながら、エレオノーラの柔らかな腹部を幸せそうに揉んでいる夫に呆れながらも、エレオノーラは笑う。

そう、多少ぽちゃったからって何だというのだ。

それでも夫は優しいし、子供たちは可愛い。色々ありながらも、毎日は幸せだ。

エレオノーラは今、これ以上なく満たされていた。

まさか、こんな幸せな日々が自分に訪れるなど、思いもしなかった。


——全てがかつて、自分が願った通りに。


ジーナはうっすらと目を開けた。だがすぐに窓からの日差しが眩しくて目を細める。

——幸せな、夢を見た。

愛しい夫と、愛しい子供たちに囲まれて過ごした、甘くて幸せな日常の夢だ。

思い出して、思わずふふっと笑うと、すでに起きていたらしいアルトゥールが、その逞しい腕でジーナを引き寄せた。

昨日抱き合ったまま寝てしまったから、互いに生まれたままの姿だ。触れ合う素肌が温かく心地よい。

こうして、目を覚ますとすぐ隣にアルトゥールがいる生活にも、ようやく慣れてきた。

およそ一ヶ月前、学園を卒業したその日に、ジーナはアルトゥールと結婚した。

そんなに結婚を急ぐ必要はないのではないかと、花嫁であるジーナをはじめとする様々な人に説得をされたが、花婿の強い一存で結婚式は強行された。

彼が王立フェリシア学園を卒業してから、ジーナが卒業するまでの二年間。

ジーナはほぼ毎日、家と学園の間を、アルトゥールに送迎されていた。

絶世の美女であった前世ならいざ知らず、現在ではどう見ても普通、頑張っても中の上程度の容姿であるジーナが、婚約者であるアルトゥールを差し置いて他の男性に言い寄られる可能性など、正直なところ小指の爪ほどもないと思うのだが、アルトゥールとしては、目の届かない場所にジーナがいること自体が許せないらしい。やはり前世の経験もあって、心配性になっているのだろう。

また、初めて結ばれた二年前の日はうっかりしてしまったが、学生の本分は勉強である。卒業する前に子供を作るわけにはいかないと、そういった行為の一切を控えていたので、その限界もあったのだろうと思われる。

ちなみに卒業後、ジーナの仲の良い友人二人がどうなったと言えば。

ヴェロニカもまた近く結婚を控えており、花嫁修行の日々だ。

彼女の年上のぽっちゃり系婚約者とは、実はジーナの兄であり、つまりヴェロニカは将来ジーナの義姉、シロトキナ男爵夫人になる予定だ。

兄は昔から誠実で、ヴェロニカに夢中だ。きっと彼女は幸せになるだろう。

そしてイヴァンカは卒業後、結局強いられた結婚を拒否して子爵家を出奔し、強引に養子関係を解消した。

今は王太子のつてで女官として王宮で働いている。

「私はこのまま仕事に生きるわ！」と豪語しているが、相変わらず周囲をうろちょろしている王太子に絆（ほだ）されかかっているらしい。

イヴァンカは今は平民に近しい身分だが、もしこのままイヴァンカを王太子妃に、などという話になった場合、彼女をレオノフ侯爵家の養女にするという話が出ている。

つまりは、もしかしたらイヴァンカは将来ジーナの義妹になるかもしれない。

何やら色々混沌としているが、彼女たちと三姉妹になれたら、それはそれで人生がとても楽しくなりそうだと、ジーナは今からこっそり楽しみにしている。

巻き込まれて阿呆王太子と義兄義弟になってしまうアルトゥールは、少々複雑そうではあるが。

「朝から楽しそうだな」

ジーナが上機嫌に顔をアルトゥールの胸元に擦り付けていると、不思議そうに聞かれた。あまりジーナは寝起きの良い方ではないので、朝からこんなに機嫌が良いことは珍しいかもしれない。

「夢を見たのよ」

「ふうん。どんな夢だ？」

「エレオノーラだった頃の夢」

びくりとアルトゥールの体が跳ねた。

確かにエレオノーラの人生は過酷なものであったが、その一方で、幸多き人生でもあったとジーナは思っている。

だが、どうやらアルトゥールにはそうは思えないらしい。かつて自分のせいでエレオノーラを苦しめてしまったという呪縛に、未だに囚われているようだ。

この国で、エレオノーラはずっと悪女のままだろう。歴史を学ぶ一部の人間しか本来の彼女の姿を知らないのに対し、歌劇は大衆に向け、これから先も上演され続ける。

そのことをアルトゥールは気に病んでいた。いずれ権力を得た暁には、本当にあの演目自体を潰そうと画策しているようだ。

しかし、当事者であるジーナは反対している。

あの作品はもう歴史の一部などではなく、芸術として確立している。パンフレットにも明確に「創作である」という文言が記されている以上、表現の自由は守られるべきだろう。

それに、いくらエレオノーラの名が汚れようとも、それは今を生きるジーナには関係のないことだ。

アルトゥールさえ真実を知っていてくれたら、それでいい。

かつて自分がエレオノーラであると知らなかった時は、自分もエレオノーラが悪女にされていることに腹を立てていたので、アルトゥールの心情はよくわかるし、大切に思ってくれることもとても嬉しいのだが。

（あなたのおかげで、エレオノーラはちゃんと幸せだったのよ）

そのことを伝えたくて、ジーナはアルトゥールの精悍な顔を両手で包むと、その少し乾燥した唇に、自らの唇を重ねた。

「とても幸せな夢だったわ。子供たちに焼いたクッキーを配って、ルスラン様には、特別に焼いた甘さ控えめのクッキーを渡して――」

「ああ、前に君が焼いてくれたクッキーと全く同じ味だった。もらって食べた時、懐かしくてたまらなかったよ。うっかり泣きそうになった」

まだ恋人同士ですらなかった頃、彼に焼いたクッキーを思い出す。世界で一番美味しい、などと随分大仰な褒め言葉をもらったのだった。だがそれは彼の本心だったのだろう。

あの頃からアルトゥールは、ルスランの記憶を抱えて、苦しんでいたのだ。そんな中で、ジーナの中にエレオノーラの幸せな欠片を見つけ、救われた気持ちになったことは、想像に難くない。

当時は何も知らなかったとはいえ、彼を受け入れようとはしなかった数々の自分の言動を思い出し、ジーナの心に罪悪感が湧いた。

未だにアルトゥールには当時のことを悲しげに愚痴られるが、不可抗力ということで許してほしい。同じ魂といえど、育ってきた環境が違えば、それはもう別物なのだ。記憶がなければ、気付けないのも仕方がない。

夢の幸せな余韻を思い出すように、ジーナはうっとりと笑う。

「そうしたらクッキーを喜んだルスラン様に背後から抱きしめられて」

「……ほう」

「お腹のお肉を揉まれました」

「…………ほう」

アルトゥールはそっと目を逸らした。きっとうっすらと記憶があったのだろう。

「つまりあの頃からアルトゥール様は、ぽっちゃりした女性がお好きだったということですねー」

「待てジーナ。誤解だ。人をまるで太めの女性しか愛せない性的倒錯者のように言うのはやめてもらおう」

「え？　違うの？」

「当たり前だ。俺はぽっちゃりした体型が好きなのではなく、ジーナ、君のことが好きなんだ」

そんな慌てるアルトゥールが面白くてジーナは笑う。もちろんわかっていて、からかっているのだ。

「た、確かにこの手のひらに張り付くようなしっとりした肌と、もっちりした感触はたまらないが」

そしてアルトゥールが、目の前にあったジーナのふっくらとした二の腕をぐにぐにと揉み出した。

「ちょっと。二の腕を揉むのはやめてよ。もっと他の場所があるでしょう！　他の！」

すると、アルトゥールがイタズラを思いついた子供のような顔で笑った。

「ほう、他の場所を触って良いのか」

途端にアルトゥールの手が不埒に動き出す。

「ちょっと待って！　今、朝……！」

だがそんなジーナの抗議をアルトゥールはまるで聞く耳を持たず、軽々と妻の両腕を片手でまとめてシーツへと縫い付けてしまう。

図らず突き出すようになってしまった乳房の、その色づいた頂きをぺろりと舐め上げ、同時に空いた手で、その豊かな膨らみをやわやわと揉みしだく。

「んっ、ああっ！　やっ！」

必死に身を捩り、逃げようとするが、昨夜も散々可愛がられたせいで濃く色付き、痛いくらいに勃ち上がった頂きを執拗に嬲られて、くたりと力が抜けてしまう。

この一ヶ月、耐えに耐えてきた欲の箍が外れてしまったアルトゥールは、毎夜のようにジーナを抱く。これまで我慢させてきた自覚もあり、仕方がないとジーナはその彼の欲望をひたすら受け入れてきたのだが。

（こんなの、身がもたないわよ……！）

おかげでジーナはこのところ、食べるものをしっかり食べているというのに、体重が増えるどころか、少し痩せた気がする。いや、窶れたというべきか。

そして、すっかり躾けられてしまったジーナの体は、こうしてアルトゥールに触れられると、すぐに蜜を溢れさせてしまうのだ。

強烈な痒みにも似た快感を与えられ続けているうちに、じくじくと下腹部に溜まっていく熱を逃そうと膝を擦り合わせれば、くちゅりといやらしい水音がした。耳聡く、その音を聞いたアルトゥールがニヤリと笑う。

それから、ジーナの脚を左右に大きく割り開くと、自らの体をねじ込む。

「まだ触ってもいないのに、いやらしいな、ジーナ」

耳元でそんなことを言われれば、ぞくぞくと背筋に被虐的な甘い痺れが走る。

「やっ、そんなこと言わないで……」

そもそもジーナをこんな体にしたのは、アルトゥールである。恥ずかしくて目を潤ませれば、彼はその目元をペロリと舐め上げた。

そして、ジーナのふくよかな体を手のひらでなぞっていく。やがてジーナの脚の隙間に到達すると、欲情しそのふっくらと盛り上がった割れ目に指を這わせる。そこはすでに溢れ出んばかりに、蜜を湛えていた。

その蜜を指の腹ですくい上げると、やはり昨夜散々可愛がられ、真っ赤に腫れ上がったままの花芯にぬるりと塗りつけた。

「ひいっ！」

わかりやすい強い快感に、ジーナの腰が跳ね上がる。逃げ出せないようにアルトゥールはしっかり体重をかけて彼女にのしかかると、あくまでも優しく、彼女の唇に触れるだけの口付けをした。

だが、その口付けとは裏腹に、指先は執拗にジーナの花芯をいたぶり続けている。

「ふっ！　んん！　んぁ！」

擦り上げ、押しつぶし、摘み上げられて、あっという間にジーナの溜まりきった快感が決壊する。

「んー――っ‼　やっ！　あああ‼　だめ……！」

蜜を噴きこぼし、ヒクヒクと痙攣を続ける膣内にすぐに指を差し込まれ、その中を掻き回されたジーナは、絶頂から降りてこられなくなり、体を何度も跳ね上げる。

それから、ようやく快楽の波が緩やかになったところで、よく熟れて蕩けたその蜜道に、一気に楔を打ち込まれた。

「あああああっ!!」

最奥まで一息に貫かれ、子宮を押し上げられて、ジーナは大きく背中を反らせて再び絶頂した。

胎内が脈動し、アルトゥールを何度もきつく締め付ける。そしてむず痒いような感覚が体の先端に向けて走り抜けていった。

「っ……! 危なかった……。ジーナ。あまり締め付けすぎるな」

アルトゥールの顔が何かを堪えるように歪み、彼の汗がぽたぽたとジーナの上に落ちてくる。

何やらアルトゥールが文句を言っているが、絶頂の余韻で朦朧としているジーナにはよく聞き取れない。

それから、彼は一度動きを止め、ジーナの柔らかな胸に顔を埋めると、満足げなため息を吐いた。

「ああ、幸せだな……」

その彼の満たされた声に、ジーナはなぜか、いつも泣きそうになる。

そして彼はひとしきりジーナの胸の谷間を堪能した後、拘束していたジーナの腕を解放し、両手で胸を揉み上げながら、抽送を始める。

「ひっ! あ、あああっ! やっあ!!」

グチュグチュと蜜が空気に混ざり合い、白く濁りながら音を立てる。ジーナは自由になった腕で目の前のアルトゥールの体にしがみついた。

「気持ちいいか……?」

そう問われて、ジーナはこくこくと頷く。気持ちよすぎておかしくなりそうだ。

「ああ、もっと奥まで入れたい」

そういうと、アルトゥールはジーナの脚を片方、自らの肩に持ち上げてしまう。

そして、限界まで大きく開かされた脚の間に、激しく腰を打ち付けた。

「やぁぁぁぁっ‼」

最奥だと思っていた場所の、さらに奥までを暴かれ、その被虐的な快感に、ジーナは一瞬意識を飛ばしそうになる。

「はあ、気持ちいいな。くそっ、もたない……」

悔しげに呻くとアルトゥールは、叩きつけるように一際強くジーナを突き上げ、その温かな胎内に、白濁を吐き出した。

余韻を楽しむように、ゆるゆると数度腰を動かし、それから、脱力して、アルトゥールはゆっくりとジーナの上に落ちてくる。不思議とその重みが心地よい。

するとアルトゥールが恍惚と呟いた。

「あ――……、柔らかいな……。気持ちいいな……。このままどこまでも沈み込んでしまいそうだ」

やはり一度引っ叩くべきだろうか、とジーナは思った。体の低反発を褒められても、ちっとも嬉しくないのである。

「そして、このまま一つになれてしまえたらいいのにな」

けれど、その後に続いた言葉には同意する。いっそこのままずっと重なっていたいと思う。

そうしたら、離れられず、ずっと、ずっと一緒にいられるのに。

しばらく二人で抱きしめ合ったまま呼吸を整え、そして体を離す。

ずるりとそれを引き抜かれる瞬間を、いつもジーナは寂しく感じてしまう。せっかく一つになれたのに、また二つに戻されてしまうからなのかもしれない。

二人で裸のまま寝台に転がって、しばしまったりと過ごす。

今日は女神の休息日。つまりは王宮勤めのアルトゥールも休日だ。だからこそ朝からこうして抱き合えたわけなのだが。

貴重な休日をこのままゴロゴロして終わらせてしまうのも、なんだか勿体ない。

さて、夫婦で何をして過ごそうかと、ジーナが頭を巡らせていると、アルトゥールが提案をしてきた。

「なあジーナ。良かったらこれから王立劇場に観劇に行かないか？」

「行きたいわ！」

アルトゥールの誘いに、ジーナは喜んで、一も二もなく飛びつくと、目を輝かせた。

観劇は大好きだ。その帰りに二人で街を歩いて甘いものを食べに行くのもいい。

結婚してからも、アルトゥールはいつもジーナを喜ばそうとしてくれる。それは、ルスランだった頃からずっと変わらない。

「ちなみに今日はどんな作品を上演しているの？」

ワクワクとしながらジーナが聞くと、アルトゥールはイタズラっぽく笑って答えた。

「歌劇『新説版エレオノーラ』だ」

「…………は？」

あまりにも想定外の答えに、ジーナは唖然とする。

かつてアルトゥールは、その演目は大嫌いだといっていなかっただろうか。

娯楽としては認める、と言いつつも、正直なところジーナも、歌劇『エレオノーラ』はわざわざ見に行きたくなかった。

しかも、『新説版』とはなんぞや。

アルトゥールは裸のまま格好つけると、その美しい顔に満面の笑みを浮かべる。

「我がレオノフ侯爵家の後援のもと、正しい歴史に則った歌劇『エレオノーラ』を作ったんだ。もちろん時代考証についても歴史学者のお墨付きだぞ」

「……一体何をしてるの？　アルトゥール様」

「もちろん台本はしっかり俺が監修した」

「本当に一体何をしてるの……？　アルトゥール様……」

アルトゥールはこの上なく嬉しそうだ。きっと念願だったのだろう。エレオノーラの汚名をそそぐことが。

その気持ちは嬉しいのだが、かつての自分の人生をなぞらえた劇など、こっ恥ずかしいことこの上ないとジーナは思う。

そんなものを観劇したら、恥ずかしくて死んでしまいそうだ。

それにしても、一体どれだけの資金を投入したのだろう。レオノフ侯爵家は国内でも有数の裕福な家だから大丈夫だとは思うが、想像するだに恐ろしい。

「なかなかの自信作だぞ。ちなみにエレオノーラ役は、最近人気の若手女優だ」

「……さようでございますか」

そんなことは、心底どうでもよかった。だが下手に否定することで彼のこの喜びに水を差すのも気が引けて、ジーナは困ってしまう。──だが。

「そして、もちろん幸せな結末（ハッピーエンド）だぞ」

最後の場面で、ルスランとエレオノーラは手に手を取って逃げ出し、末長く幸せに暮らすのだ、と。

そう言って幸せそうに笑うアルトゥールに、ジーナの胸が詰まった。

多くのものを失いながらも、二人は幸せだったのだと。彼がそう思ってくれていることが、嬉しい。

ジーナの目から、幸せな涙が溢れる。そして、この心がどうかアルトゥールに伝わるようにと強く、強く彼にしがみつく。

かつて、エレオノーラだった頃に思っていたことを、ジーナも今も変わらずに思っている。

（あなたのそばにいられるのなら、それだけでしあわせ）

——そう。そして悪女は、誰よりも幸せになったのだ。

# 番外編　ルスラン・カリストラトヴァの執着

ルスラン・カリストラトヴァは、カリストラトヴァ公国の第三公子としてこの世に生を受けた。

国を継ぐわけでもない、気軽な三男坊。与えられた公務も、さして難しいものではない。

生まれ持った美貌で、へらへらと笑っていればなんとかなってしまう程度のものだ。

要領の良いルスランにとって、人生は容易い遊戯のようなものだった。

嫉妬深い兄たちは、優秀なルスランを恐れている。だが彼には権力欲などまるでなかった。

（だってそんな面倒なもの、いらないし）

国主など、全くもって割に合わない職業だ。そんなものに執着する頭の悪い彼らをむしろ哀れんでしまう。

多くを望まなければ、人生は容易い。だからこそルスランは、何にも執着することができなかった。

（ああ、生きるって、本当に面倒臭い）

その日の舞踏会も、下らないなと思いつつ、へらへらと笑いながら適当に社交をこなしていた。参加者たちの間に、ちらほらと白いドレスを着たデビュッタントたちがいる。

ああ、もうそんな季節なのだな、とルスランが特になんの感慨もなく思ったところで。

（――――うわあ、すごい美少女だな）

その中に、美女の類に見慣れたはずのルスランであっても、思わず感嘆のため息を漏らしてしまうほどに美しい少女がいた。非の打ち所なく整った顔立ち。背中へと艶やかに流れる漆黒の髪。雪のように真っ白な肌。折れそうなほどに細い腰。こんなにも綺麗な子を、初めて見た。

会場中の視線を一身に集めながら、だが、その少女は微笑み一つ浮かべようとはしない。

ただ、つまらなそうに、不機嫌そうに、ぼうっとしている。

(いくら美少女でも、あの態度はないな)

ルスランは呆れてしまった。話しかけられてもせいぜい興味なさげに相槌を打つ程度。冷たいその真っ青な目に射抜かれると、何も言えなくなってしまう。次第に誰も彼女に話しかけなくなっていった。

(……もっと愛想よくすればいいのに。生きづらそうな子だな)

彼女の不器用さが気になって、ルスランはついつい目で追ってしまう。

その後も社交の場でその少女――ラリオノヴァ侯爵令嬢エレオノーラを見かけるたびに、ルスランは目で追うようになってしまった。

聡いルスランは観察を続けるうちに、エレオノーラがわざとそんなそっけない態度を取っているわけではないのだと気付く。彼女の美しい青い目は、いつも寂しげに揺れていた。

(誰か、一人でもいい。彼女に理解者がいればいいのに)

エレオノーラが長兄の妃候補だということを知っていた。故に自分が不用意に彼女に近づくことは難しい。

(なんだか、可哀想だな……)

なにもかもに興味がないルスランにとって、そんな憐憫を持つこと自体珍しいということを、彼自身気付いていなかった。

そんなある日、ルスランは衝撃的な瞬間を目撃してしまった。

彼の日々の観察対象、エレオノーラが周囲をキョロキョロと見渡し警戒したと思ったら、父の目を盗んで美しく並べられた焼き菓子の一つをつまみ、素早く口に放り込んだところを。

そして、扇で口元を隠して咀嚼しながら、蕩けるような笑みを浮かべたところを。

思わず吹き出して、笑い転げてしまった。近くにいたご令嬢は突然のルスランの乱心にひどく驚いていた。申し訳ないことをしてしまった。

(うわぁぁぁ！　可愛い！　なにあれ可愛い‼)

そのエレオノーラのあまりの可愛さに、ルスランは身悶えしてしまった。

それからというもの、ルスランはエレオノーラ観察にさらに熱が入ってしまった。あの蕩けるような笑みがどうしても見たくて。見ることができたら、天に昇ってしまいそうなくらい、嬉しくて。

それは、ルスランが生まれた初めて持った『執着』だった。

その後、関係の冷え込み始めたリヴァノフ帝国に人質のような形で送り込まれたルスランは、禁断症状に悩まされた。

エレオノーラに会いたい。彼女に会って、甘いものを食べさせてあげたい。

けれど、彼女はもう兄の妻となっているのかもしれない。そう思うと心がじくじくとひどく痛む。

遠く離れて、ルスランはようやく気付いた。――ああ、これは恋なのだ、と。

ようやく帰国を許され、カリストラトヴァに戻ってみれば、エレオノーラはまだ一人ぼっちだった。それどころか、兄の軽率な発言により、さらにその立場を失っていた。

偉そうにエレオノーラを扱き下ろした兄は、自分に自信がないだけだ。あんなにも美しく、そして賢い妻を横に置いて、己の存在が霞むのが許せないだけだ。

だからこそ、全てにおいて無難な伯爵令嬢の手を取った。

(――馬鹿が)

だが、兄のその愚かしさにルスランは感謝した。おかげでエレオノーラが手に入る。

覚悟が決まれば、ルスランの行動は早かった。もとより交渉事は得意なのだ。

すかさず跪いて愛を乞い、見た目とは違い臆病なエレオノーラを怯えさせないよう、少しずつ距離を縮めた。

共に時間を過ごすことで、エレオノーラの凍りついた表情は花開くように少しずつ綻んでいった。

彼女の心が自分へと向いたことを確信したルスランは、彼女に求婚をした。

エレオノーラとの結婚の許可はすでに彼女の父であるラリオノヴァ侯爵に取っていたが、ルスランは彼女に直接伝えたかったのだ。

政略ではない。彼女を愛しているから結婚したいのだと。

それによって、多くの者たちに傷付けられ、失われてしまった彼女の自尊心を少しでも取り戻させたかった。

「――――エレオノーラ・ラリオノヴァ。君を愛している。どうか私と結婚してほしい」

いつもの逢引場所、女神の降り立ったというフェリシア離宮の泉の前で、ルスランはエレオノーラの白く細い手を取り、必死に請うた。

それを聞いたエレオノーラは目を見開き、そして無表情のままボロボロと涙をこぼすと。

「…………はい。喜んで」

聞き取れないような小さな声で、受け入れてくれた。

そしてルスランは、めでたく彼女を手に入れた。

婚礼の際、幸せそうに美しく微笑むエレオノーラを見て、兄は平静を装いながらも逃した魚の大きさに愕然としていた。ざまあみろ、とルスランは嘲笑う。

こんなにも美しく、そして心優しいエレオノーラを、見下してきた奴らを嘲笑う。

そして始まったエレオノーラとの結婚生活は、たまらなく幸せだった。今までの人生はなんだったのかと思うくらいに、満たされた日々。

だが一方で、小物の兄は、ルスランに様々な無理難題を突きつけるようになった。

エレオノーラを選ばなかったのは自分自身のくせに、今頃になって弟が妬ましくてたまらないのだろう。

新婚だというのになかなか妻のそばにいることができず、ルスランは苛立っていた。

もう国なんてどうだっていい。彼女のそばにいられれば、それだけで。

――――そして、あの事件が起きた。


カリストラトヴァ公国に大使という名目で送り込まれた、とあるリヴァノフ帝国貴族。浪費をやめぬ皇帝を諌めたために、不興を買ったのだろう。

皇帝によって公国内で暗殺され、その責任をカリストラトヴァは問われた。

八方塞がりのその状況で、父と兄により、ルスランはリヴァノフ帝国に送り込まれ、そして囚われた。

もとよりリヴァノフ帝国は、交渉自体するつもりがなかったのだろう。いくら交渉事が得意なルスランとはいえ、その場を設けられなければ何もできない。ルスランは囚われ、牢獄へと入れられた。

（ああ、ずっと、適当に生きてきたツケが回ってきたのかな）

饐（す）えた匂いが鼻につく。痛めつけられた体中が痛い。息をするのもやっとだ。

そんな中でも、思い出すのは愛しい妻のことだ。

行かないでくれと、別れ際に泣かれたことを思い出す。

だが、ここでカリストラトヴァが滅びれば、エレオノーラだってどうなるかわからない。

『この国を、そして、君を守るよ』

だから、難しい交渉だとわかっていて、それでもこのリヴァノフへとやってきたのだ。

自分が生きて帰れなければ、彼女はどうなるのだろうか。

きっと、美しい妻のことだ。寡婦とはいえ表情が豊かになった今ならば、引く手数多だろう。もしかしたら、兄まで後見に名乗り出るかもしれない。

――ああ、だけど。

（私以外の手で、幸せになんて、なってほしくないな……）

そんな、自分勝手なことを考えてしまうくらいに、ルスランはエレオノーラを愛していた。

常軌を逸するほどの執着だと、自嘲する。

（……格好つけるんじゃなかったなあ）

いざとなったら、妻を連れて逃げてしまえばよかったのだ。誰も手の出せない、どこか遠くへ。

そんな、地獄のような日々の中、何度も死を覚悟して、そして、ある日唐突にルスランは解放された。

一体何があったのかと訝しく思いつつ、国に帰れば。――妻が、いない。

地獄の先には、もっと深い地獄があったのだと。ルスランは思い知らされた。

それから後のことを、ルスランはあまり覚えていない。

妻を取り返すため、ありとあらゆることをした。汚いことにも手を染めた。

こんなにも何かに必死になったのは、生まれて初めてのことだ。

足並みの揃わぬ従属国四カ国を、なだめ、時に脅し、まとめ上げた。リヴァノフ帝国への憎しみを扇動し、時が満ちるのを待った。

全ての準備が整って、リヴァノフ帝国へと進軍を始めるその前夜。ルスランは兄たちに継承権放棄を申し出た。

本領を発揮し、恐ろしいまでの頭覚を現した弟に怯えていた兄二人は、一応は止めるそぶりを見せたが、その実喜んでいることは明確だった。

せいぜい兄二人で殺し合えばいいのだ。もう、そんなものはどうだっていい。

ルスランが欲しいものは、愛しい愛しい妻だけ。それ以外は何もいらない。

ねえ、エレオノーラ。君を取り返したら、もう誰にも奪われないようにしっかりと囲い込むんだ。

そして、これでもかってくらいに、どろどろに甘やかすんだよ。

大好きな甘いものだって、好きなだけ食べさせてあげる。

君は太ることをとても怖がっていたけれど、君だったら多少丸くなったって絶対に可愛い。

一生愛し続ける自信があるよ。

――――だから。

「ルスラン様。ご命令を」

連合軍を率いる将軍の声に、ルスランは高らかな声で応じる。

「――――最後の戦いだ。この皇宮を落とし、皇帝を斃す」

その場にいる誰もが、ルスランの言葉を待っている。

「そして、リヴァノフ帝国を滅ぼし、我ら連合四カ国に、独立を！」

鬨の声が上がる。統率された軍隊が一気に皇宮へと進軍する。

やっとここまできた。――――さあ、もう少しだ。

ルスランは、愛しきエレオノーラに向けて、鍛え上げたその腕を伸ばした。

# あとがき

こんにちは。そして初めまして。クレインと申します。

この度は拙作「悪女は甘い夢を見る　転生殿下の2度目のプロポーズ」をお手に取っていただき、誠にありがとうございます。

今回ガブリエラブックス様で書き下ろしのご依頼をいただき、どういった傾向の作品を書けば良いか担当様にご相談したところ、題材として「悪役令嬢」や「時間転移」はどうか、とご提案いただきまして。

悩んだ末にそれなら両方をくっつけてしまえばいいじゃない♡と、安易なことを考えプロットを立てて書き始めたのが、今作となっております。

そのため乙女ゲームによくあるような良家の子女が集まる学園が舞台となっているのですが、話を作っているうちに気がついたら悪役令嬢がただの悪女になっており、時間転移とは言い難い設定になっており、更にしれっとお得意の転生モノになっておりました。今回も通常運転です。担当様申し訳ございません。

そして、そのまま好きなように書かせていただきました。担当様ありがとうございます。もう台東区に足を向けて寝られません。

さて、今作について少し語らせていただけたらと思います。

昨年ガブリエラ文庫様の方で、すでに一度時間転移のお話を書かせていただいているのですが、実はそちらに出てくる女神様と今作に出てくる女神様は同一神だったりします。スピンオフではありませんが、同じ世界の、違う国の話だと考えていただけるとわかりやすいかと。イメージとしてはギリシャ神話に出てくるような、好奇心のまま世界中をふらふらとしては気に入った人間にちょっかいをだして、色々な場所に神話やら伝承やらを残して楽しむという人間味溢れる困った女神様です。

まあ、本当に碌なことをしないのですが、終わってみればなんとなくうまくいっているような……?

よって今回も全ては女神様の掌の上、歴史的事実は動かせないものとして固定しております。

ただ歴史というのは実にあやふやなもので、かつて悪役のように扱われていた人物が実は立派な人物であったり、逆に英雄と謳われていた人物が実は駄目人間であったり、国を滅ぼしたという悪女が、情の深い普通の女性だったりと、新たな歴史資料が見つかって評価が見直されたりするのですよね。

今回の主人公エレオノーラは、まさにそんな風に後世の人間たちによって勝手にイメージを作られ、名を貶められてしまった女性です。彼女の真実の姿をお楽しみいただけたらと思います。

そしてエレオノーラともう一人の主人公ジーナは、甘いものが大好きという設定なのですが、実は私も甘いものが大好きです。特に原稿の締め切りが近くなればなるほど、糖分を求める亡者になります。きっと脳を通常時よりも酷使しているからなのでしょう。

深夜子供達が寝た後に私が必死で執筆していると、そんな鬼気迫る様子の妻を憐れみ、夫がコンビニスイーツを買ってきてそっとお供えしてくれます。そして彼の優しさが私の脂身に染み渡り、小説を書くようになってから随分と太りました……。私の小説は私のスタイルを犠牲にして生まれてくるのです……。

甘いものって美味しいですよね……。太るとわかっていてもやめられないですよね……。

そんな私の悲哀を背負って、ジーナは誕生しました。多少ぽちゃってても明るく笑い飛ばすヒロインです。

それでは最後に、この本を発刊するにあたりご尽力いただきました方々へのお礼を述べさせてください。

担当編集者様。ありがとうございます。もうそれしか言えません。本当に色々とご迷惑をおかけしました！

イラストをご担当してくださったすずくらはる様。表紙絵を見せていただいた時、あまりの美しさに思わず奇声をあげてしまいました。毎日うっとりと眺めて幸せに浸っております。ありがとうございます！

この本に携わってくださった全ての皆様。ありがとうございます。皆様のご尽力で無事形になりました。

それからいつものように締め切り前に家事育児負担を一手に引き受けてくれて、甘いものをせっせと差し入れてくれた夫。ありがとう。今年は痩せる予定です。多分。

そして、この作品にお付き合いくださった皆様に心より感謝申し上げます。

少しでも楽しんでいただけたのなら、これほど嬉しいことはありません。本当にありがとうございました！

クレイン

すずくらはる先生
キャラクターデザイン
ジーナ・シロトキナ
&
アルトゥール・レオノフ
ボタン①
ボタン②
ぽっちゃり
健康そうな
足
くつは自由でも？

ぴえぇ
かおに
でやすい
ほそい
しろい
エレオノーラ・ラリオノヴァ
&
ルスラン・カリストラトヴァ

ガブリエラブックスをお買い上げいただきありがとうございます。
クレイン先生・すずくら はる先生へのファンレターはこちらへお送りください。

〒110-0016 東京都台東区台東4-27-5 (株)メディアソフト
ガブリエラブックス編集部気付 クレイン先生／すずくら はる先生 宛

MGB-008

# 悪女は甘い夢を見る
## 転生殿下の2度目のプロポーズ

2020年3月15日 第1刷発行

著　者　クレイン

装　画　すずくら はる

発行人　日向晶

発　行　株式会社メディアソフト
〒110-0016
東京都台東区台東4-27-5
TEL：03-5688-7559　FAX：03-5688-3512
http://www.media-soft.biz/

発　売　株式会社三交社
〒110-0016
東京都台東区台東4-20-9 大仙柴田ビル2階
TEL：03-5826-4424　FAX：03-5826-4425
http://www.sanko-sha.com/

印　刷　中央精版印刷株式会社

装　丁　小石川ふに(deconeco)

組　版　大塚雅章(softmachine)


ISBN 978-4-8155-4023-4